無名の三流テイマーは王都のはずれでのんびり暮らす 2

～でも、国家の要職に就く弟子たちがなぜか頼ってきます～

Ryuuichi Suzuki
鈴木竜一

illust.
Aito

クロス
お調子者のリザードマン。
バーツと契約する魔獣の一体。
バーツ
しがない
三流冒険者のテイマー。
セラノス王国で
新設される国防組織の
幹部「王聖六将」
候補に抜擢される。
タマ
十数年前、バーツと
ともに旅をしていた
猫型魔獣。
シロン
バーツの相棒である白狼《はくろう》。
面倒見が良いタイプ。

CHARACTERS
主な登場人物
クウタ
バーツと
再契約することに
なった不死鳥《フェニックス》。
ノエリー
バーツの元弟子で聖騎士。
バーツを幹部候補に
推薦する。
ティオグ
バーツの元弟子の青年。
大臣の右腕と評判の文官。
アリアーヌ
バーツの元弟子の一人。
王都で話題の鍛冶師。
フィオナ
ミネット
メイ

第一章　再会と出会い

しがない三流テイマーだった俺――バーツ・フィリオンの冒険者生活は、かつての弟子の一人、ノエリーと再会したことで大きな変化を遂げた。

十年以上前、テイマーとしての心得を教え始めた八人の弟子の一人であるノエリー。

彼女は突然現れると、俺をセラノス王国の新しい防衛組織の幹部――王聖六将《おうせいろくしょう》の一人として招きたいと言い出した。

真剣に訴えるノエリーの話に乗り、セラノス王国の王都へ向かったわけだが、そこで待っていたのは、彼女と同じくテイマーとしての心得を教えていたかつての弟子たちであった。

一代にして国内最大規模を誇る商会のトップとなったミネット。

魔法兵団に所属し、将来を有望視されている死霊《しりょう》魔術師のメイ。

一流冒険者パーティーに所属し、期待の若手冒険者として期待されるフィオナ。

八人のうち四人と再会を果たしたが、みんな俺の想像を遥《はる》かに超えた活躍《かつやく》ぶりで、大国であるセラノス王国を支える重要人物に成長していたのである。

そんな彼女たちに師匠と呼ばれている俺は、育成者としてとんでもない実力があると噂《うわさ》になり、王都内を歩いていてもやたら注目された。

少し困るが、四人の活躍ぶりが嬉《うれ》しいことに違いはない。

それに、まだ会っていない残りの四人の現在も気になっていた。

ノエリーたちの話を聞く限り、どうやらこちらの四人も国内で要職についているらしく、なかなか会う機会はなかったのだが……受けていた依頼が落ち着いて、王聖六将としての呼び出しもまだなので、彼らの成長を確かめに行けたらいいな。


セラノス王国の騎士団長、ラングトンから受けた交易路の異変調査を終え、数日後。

俺はパートナー魔獣である白狼《はくろう》のシロン、リザードマンのクロス、不死鳥《フェニックス》のクウタたちを連れて、騎士団の詰め所を訪れていた。

ノエリーかメイに、まだ会っていない弟子たちについて聞くためだ。

「おはようございます、バーツさん」

「今日はどうなさったんですか？」

「ノエリーでしたら、厩舎《きゅうしゃ》の方で演習場に連れていく馬の世話をしているはずです。ちょうど目的地が同じということでメイも一緒ですよ」

すれ違う騎士たちは爽《さわ》やかに挨拶《あいさつ》をしてくれ、おまけに何も言わなくても、こちらが求めている情報をサラッと教えてくれる。

俺が前までいた冒険者たちの住む町――ラウディにいた頃とは、まるで環境が違うな。あっちは些細《ささい》な情報を仕入れるためにもお金を要求されたりしたし。

「昔とは待遇が違うっすね、旦那《だんな》」

「当たり前だろ。今は立場がまるで異なるのだから」

「あと、それだけ周りから信頼されているという証《あかし》だと思いますよ」

クロス、シロン、クウタが口々にそう言う。

「ありがとう、みんな」

パートナーとして活動していた時期が違うとはいえ、クロスもシロンもクウタも俺が苦労していたのをよく知っているからな。環境が大きく変わったことを素直に喜んでもらえているようだ。

教えてもらった通り、俺たちは騎士団詰め所近くの厩舎へ移動。

ここでは騎士団が管理する馬が飼育されており、二人はちょうどエサやりをしているところだった。

「ノエリー、メイ」

「あっ、師匠」

「バーツ様！」

俺の姿を確認すると、ノエリーとメイはパッと花が咲いたように明るい笑顔を見せてくれる。

まるで幼かったあの時のように可愛い——いや、ノエリーたちは今も可愛い。ただ、それは子どもに対する可愛いとは意味が異なる。それに、可愛いだと少し幼い印象を与えるから、美人になったというべきか。

そういえば、ここまで会ったのはみんな女の子だったな。

まあ、そもそも八人のうち男の子は二人だけだったから、そんなものかもしれない。

軽く挨拶を済ませると、俺はまだ会っていない残りの弟子の所在について聞いてみる。

一人は城に勤めているという話だったので行けば会えるのだろうが、詳しい役職は聞いてないけど結構偉くなってそうだし、時間を取ってもらうのは難しそうだ。

「すみません、師匠。三人はまだ戻ってないみたいです」

残りの三人は、前に聞いた時は国外にいるって話だったけど……

「そうか……」

じゃあまだしばらくは会えないかな。

俺がそう思っていると、メイが首を傾《かし》げて尋《たず》ねてくる。

「お城にはもう行かれましたか？」

「いや、城勤めなら忙しくて俺なんかに会っている暇《ひま》はないだろう」

「そんなことはありません。ぜひ会いに行ってあげてください」

「そうですよ、師匠。みんなずっと師匠には会いたがっていたんですから、きっと無理やりにでも時間を作って話をしたいって思っていますよ」

メイの言葉にノエリーもそう続ける。

「そ、そうなのか？」

「「はい！」」

二人は元気よく返事をし、俺の背中を押してくれた。

おかげで決心はついたけど……城にいる弟子って誰なんだろうな。


城に向かった俺だが、もう顔パスで通れるようになっていた。

世の中には他人の姿形をそっくり真似《まね》する魔法もあるらしいので、衛兵が最低限のチェックはするのだが、あとはもう自由に城内を移動できる。

ここでも騎士団の詰め所と同じように、いろんな人が声をかけてくれた。

先日の交易路に巣食っていた魔獣討伐《とうばつ》の件で、商人から騎士たちまで、俺にいい印象を抱いている者が多いとラングトンから教えてもらっていたが……それを実感するな。

そんなことを考えながら中庭に差しかかった時、気配を感じて足を止める。

「これは……魔獣か？」

そう、人間と契約する魔獣の気配だった。

しかし……なんだろう。

かなり異質だ。

テイマーとして、これまで数多くの魔獣を見て、実際に戦ってもきたわけだが、これほど異様な気配をまとう魔獣は非常に珍《めずら》しい……いや、もしかしたら初めて出会う魔獣かもしれない。

その不思議な気配に導かれるようにして、中庭へと足を運ぶ。

色鮮やかで美しい花が咲き乱れるそこには、小さな蝶《ちょう》が飛び交っていた。

中央には大きな噴水《ふんすい》があって、その脇《わき》を人工的に造られたであろう川が流れている。

まるで絵画のような光景を見ていると、使用人たちが丹精《たんせい》込《こ》めて手入れをしたというのが伝わってきた。

そこに魔獣らしき姿は確認できなかったが、その代わりに見知った人物の姿があった。

「む？　――おぉ！　バーツじゃないか！」

こちらに気づいてにこやかに手を振るのは騎士団長のラングトン。

そんな彼の横には、見慣れぬ青年の姿があった。

短く切り揃《そろ》えられた青い髪に黒縁《くろぶち》のメガネ。いかにも仕事ができそうな男って印象を受けるが、年齢としてはまだかなり若そうだ。ノエリーやミネットと同じくらいで、二十歳前後といったところか。

身なりからして騎士ではないようだが……一体誰なんだ？

どこかで会ったことがある気はするんだけどな。

ゆっくりと近寄りつつ、顔をじっくり確認すると——自然と彼の名前が脳内《のうない》に浮かび上がり、気がつくと叫《さけ》んでいた。

「っ！　ティオグ？　ティオグじゃないか？」

「えっ——あっ!?　バ、バーツ先生!?」

ラングトン騎士団長と話し込んでいた青年の名はティオグ。

かつてノエリーやミネットと同じく、あの教会で俺の教えを聞いていた子どものうちの一人だ。

「いやぁ、見違えたよ。随分《ずいぶん》と男前になったじゃないか」

「そんな……からかわないでくださいよ、先生」

外見は大きく成長しているが、照れると左眉《ひだりまゆ》を指先でかく癖《くせ》は今も変わっていないようだ。

ティオグは当時からとても頭がよく、熱心に勉強に勤《いそ》しんでいた。

それでいてメイと同じくらい大人しく、時にはやんちゃだったノエリーに泣かされていたっけ。

気弱というより、優しすぎる子というのがとても強く記憶に残っている。

それが今では……こんなにも立派になっちゃって。

服装から察するに、恐らく文官かな？

ノエリーが、他のメンバーはみんな出世していると言っていたし、過去の性格からしてそうなっていても不思議じゃない。

するとティオグは俺の肩にとまっていたクウタに気づいて目を丸くする。

「クウタ！　君も久しぶりだな！」

「えぇ、お久しぶりです！」

「そっちの二匹も先生のパートナー魔獣か？」

「ああ、我はシロンだ」

「俺はクロス、よろしくな」

ティオグは面識のあるクウタと互いに再会を喜び合い、新しいパートナーであるシロンやクロスとも挨拶を交わす。

そんな彼を見ながら、俺は思わず言葉を漏《も》らす。

「ここにティオグがいるのは意外だったな」

「彼は文官として非常に優秀と評判だよ」

　ラングトンが言うと、ティオグは両手と首を物凄《ものすご》い勢いで横に振る。

「と、ととと、とんでもない！　僕なんてまだまだ先生の足元にも及びませんよ！」

「何を言う。王聖六将をはじめとする新しい国防組織の計画を最初に言い出したのは君じゃないか」

「へぇ、そうなのか」

　ノエリーが俺を推薦《すいせん》してくれたのは知っていたが、そもそもその組織を作ろうと言い出したのがティオグだったとは。

　でもそれって……かなり上の立場の者がすることじゃないか？

「ぼ、僕は議会で意見を求められたので、自分が考えてた最良の案を発表しただけなのですが……」

「それが優れていたから、国王陛下は新しい国防組織の設立を君に任せたんじゃないか」

「国王陛下直々《じきじき》の指名だったのか……」

　俺が目を丸くしていると、ラングトンがニヤリと笑う。

「おまけに今じゃ大臣の右腕として大活躍しているよ」

「凄いじゃないか！」

　もはや俺を軽く凌駕《りょうが》する活躍ぶりだと思うのだが、それでもティオグは昔と変わらずひたすらに腰が低い。

……そういえば、昔から自己評価の低い子だったな。

孤児院《こじいん》の学力試験では常に上位の成績を修《おさ》めていたが、他者と争うのを嫌う性格だったため、時にはわざと負けるという手を使うこともあった。

そのたびに、俺は「手を抜いてわざと負けても喜ぶ相手ばかりじゃない」と諭《さと》したんだよな。ミネットやフィオナがそれに賛同してくれて、ティオグも考えを改めたのだ。

けど、そんな気弱なティオグがまさか、大臣の右腕と呼ばれるまでに成長するとはねぇ。

あの頃から才能を感じてはいたけど、ここまでやれたのは本人の努力の賜物《たまもの》だろうな。

そうだ、ちょうどいい機会だ。

王聖六将というポジションをいまひとつ実感できていなかったし、他の候補者もどんな者がいるのか気になるので尋ねてみよう。

一応、もう一人の王聖六将候補者であるニーナ——フィオナが所属する冒険者パーティーのリーダーである彼女とは一度、顔を合わせている。

だが、残りの四人については名前すら知らない状況だった。

そもそも具体的にどういう仕事をするのかさえ分からないが、同僚《どうりょう》になる者の素性《すじょう》がまったく分からないというのは嫌だからな。

というわけで、早速ティオグに王聖六将候補者の情報を尋ねる。

ティオグは「コホン」と咳払《せきばら》いをして、話し始める。

「とにかくたくさんの人にコンタクトを試みました。あっ、もちろん、バーツ先生はノエリーの推薦を聞いて、すぐに所在確認に向かわせましたよ！」

「そ、そうか……」

「それで、他の候補者ですが――」

そう前置きして、ティオグは候補者の名前をいくつか挙げてくれたが……全員、俺でも知っている超大物ばかりだった。

「ただ、今挙げた方のほとんど……というかニーナさん以外の方は、すでに立場を確立しているということもあり、お断りがありまして。今は追加で四人、声をかけているところです。先ほど挙げた方々に匹敵する実力の持ち主ですが、また断られるかもしれないので、名前は伏せておきますね」

さっき挙がった名前は、確かにビッグネームだった。それなら今声をかけているという四人も、相当な実力者だろう。

ニーナだって、この世界でも数少ない、超一流の証とも言える三つ星《トリプルスター》ランクのパーティーをまとめるリーダーだ。

……俺は明らかに他のメンツより見劣りするだろうから心配だ。

ニーナは有名人だから、誰からも文句は出ないだろう。

でも俺の場合は、冒険者としての実績がないからな。一応、この国で名の知られているノエリーやミネットといった有望株《ゆうぼうかぶ》の先生（師匠）ってことにはなっているけど、それ自体はまったく浸透《しんとう》していないだろうしねぇ。

「どうかしましたか、先生」

「いや、何でもないよ。——あれ？」

ティオグから心配されたその時、さっき感じた魔獣の気配が近づいていることに気づく。

もしかしたら……これはティオグのパートナー魔獣か？

それにしても、姿がどこにも見えない。

メイのパートナー魔獣である亡霊竜《ファントム・ドラゴン》のように、肉眼では捉えられない魔獣なのかと思ったが、それとも違うみたいだ。

中庭という限られた空間でありながら、まったく姿を捉えられないとは。

しかも、同じ魔獣であるシロンやクロス、さらには魔獣を超える神獣《しんじゅう》と呼ばれるほどの力をつけたクウタでさえどこにいるか分かっていない様子だ。

「ははは、さすがのバーツもティオグのパートナー魔獣の正体は突きとめられなかったようだな。

まあ無理もない。他の子たちの魔獣に比べたらサイズも小さいし、一体だけじゃないからな」

「小さい……一体だけじゃない……あっ！」

ラングトンのヒントでついに気づく。

ティオグの連れている魔獣とは何なのか。

答えは――

「ティオグ……君のパートナー魔獣は、中庭を気持ちよさそうに飛んでいる蝶たちだな？」

「っ！　せ、正解です！」

「お、おいおい、本当に当てやがったな……」

「君のヒントのおかげだよ、ラングトン騎士団長」

それがなかったら、きっと一生正解にはたどり着けなかっただろう。

正解したところで、俺は再び蝶たちを眺《なが》める。

「それにしても凄いな……ここにいるのはすべて死千蝶《ゴースト・バタフライ》だろう？」

「おおっ！　さすがはバーツ先生ですね！　僕のパートナー魔獣の正体をここまで正確に見破ったのは先生が初めてですよ」

興奮気味に語るティオグ。

彼は誰も気づかなかったという風に語るが、こればっかりはテイマーとして魔獣の知識がなければたどり着けないかもな。

何せ、死千蝶《ゴースト・バタフライ》は、そこら辺の花畑を飛んでいても違和感がないくらい、普通の蝶と変わらない。

あとはインパクト不足ってところも大きいだろう。

ノエリーの鋼鉄魔人《アイアン・レイス》や、ミネットの植物人形《プラント・ゴーレム》のように見ただけで「強そう」と思えるような魔獣じゃない。

一見すると、人間でも簡単に倒せそうなサイズだが……この魔獣の怖いところは、見た目からでは計れない。

最大の特徴は、鱗粉《りんぷん》に含まれている猛毒《もうどく》。

こいつに触れると、体長十メートルを超える巨大魔獣でさえ一瞬にして戦闘不能に追い込まれるらしい。一説にはドラゴンさえ死に至らしめるのだとか。

まあ、テイマーの管理下にあるならば、契約している主の指示がなければまき散らすことはないが。

さらに、二枚の羽の色を自在に変えることで周りの景色に溶け込めるという迷彩《めいさい》能力も持っており、諜報《ちょうほう》活動もこなせる。

そういった特徴から、前述の魔獣たちのようにバリバリ戦闘をこなすタイプではなく、なんでもそつなくこなすオールマイティーな魔獣だと言われていた。

繰り返すが、死千蝶《ゴースト・バタフライ》の外見は普通の蝶と何ら変わらない。

おまけにある一定の短い期間で、住処《すみか》を変えてしまう習性もあるため、そもそも見つけることが困難だという。

だからこそ死千蝶《ゴースト・バタフライ》は、ノエリーたちのパートナー魔獣同様、Ｓランクに分類される非常に珍しい魔獣だった。

それにしても、ティオグと共通している部分が多いので、相性はよさそうだな。

ティオグは昔から、器用な子だった。

あの頃に教えていた子どもたちは、それぞれに得意と苦手がハッキリしている子が多かった。

そんな中で、ティオグは運動でも勉強でも、なんでも苦にせずサラッとやってのけてしまう。言ってみれば天才肌《はだ》だ。

性格も当時からどこか大人っぽく、周囲の喧嘩《けんか》を止める仲裁《ちゅうさい》役を買って出ていた。

お転婆《てんば》なフィオナが転んで怪我をした時はすぐに救急箱を持ち出して治療《ちりょう》し、メイがお気に入りの本をなくした時は教会中を探し回って見つけていた。

なんていうか、面倒見がいいんだよな。

あらゆるケースを想定して動いているという感じで、そんな彼の性格と死千蝶《ゴースト・バタフライ》の持つ能力は見事にマッチしていると言えるだろう。

そういう意味では、今の彼の仕事は天職なのかもしれない。

けど、かつてのティオグは、そうした自分の器用さをむしろ嫌っている素振《そぶ》りがあった。

なんでもできてしまう反面、突出して秀でているものがなかったからだ。

ノエリーの剣術やミネットの商才など、特別得意な分野がなかったのである。

器用貧乏――というと語弊《ごへい》があるかもしれないが、周りと比べて落ち込むこともあったな。

凡人《ぼんじん》の俺から言わせてもらうと、贅沢《ぜいたく》な悩みだが。

できないよりできた方がいいに決まっているのだが……そこはやはり本人にしか分からない悩みだったのかな。

そんな昔のことを思い出しながら、俺はティオグに微笑《ほほえ》みかける。

「いい魔獣だな、ティオグ」

「ありがとうございます。先生にそう言ってもらえると、本当に嬉しいです」

爽やかな笑顔でそう答えるティオグ。

「先生はずっと僕の目標でした」

うんうん、俺としても鼻が高いよ。

「またこうして先生と一緒にお話ができるなんて夢のようです。先生がこのセラノスに来ているというのはだいぶ前にノエリーやミネットから聞いてはいたのですが仕事が忙しくてなかなか会いに

行ける機会がなくようやく会えると思ったら交易路に住み着いた魔獣の討伐をするため遠征に出られた直後で自分のタイミングの悪さというか運のなさというかとにかくそれを呪《のろ》いながらも次の機会を待っていたらまさか先生の方からこうして会いに来てくださるなんて僕はもう本当にどうかなってしまいそうな――」

「……」

おいおい、ティオグさんや。

それはちょっと褒《ほ》めすぎじゃないかな？

なんかノエリーと似た空気を感じるぞ？

あと、いつになったら終わるんだ……この講演会。

「あぁ……ティオグ？　ボチボチ終わらせないか？　君もこれから大臣と会う約束があるんだろう？」

「――はっ！　も、申し訳ありません。つい熱が入ってしまって」

ラングトンからの指摘でようやく我に返ったティオグ。

そういえば、熱くなったら一直線なのも昔からだっけ。

しかし、大人となった今は自分のやるべきことを優先させなくてはいけない。これから大臣と会う予定があるならそちらに集中してもらわないとな。

「それでは、この辺で失礼します」

「ああ。仕事頑張れよ」

「はい——そういえば、ラングトン騎士団長はこれからバーツ先生にお話があるから呼びに行くと言っていませんでしたか？」

「おっと、そうだった」

手をポンと叩《たた》くラングトン。

俺に用事となると、やっぱり先日の交易路に現れた魔獣絡みの話題かな。

こちら側の報告は終わっているので、調査した結果、新しい事実が浮かんできたとかそういう類《たぐい》の話だろうか。

「では先生、また今度ゆっくりお話ししましょう」

「ああ、楽しみにしているよ」

ティオグは最後にペコリとお辞儀《じぎ》をして去っていく。

いやはや、他のみんなもそうだけど、本当に真っすぐ育ってくれたみたいで嬉しいよ。

「しかし、君は本当に弟子たちから愛されているな」

「ありがたい限りだよ」

「特にティオグの熱の入れようは以前から凄かったよ。あれは放っておくとそのうち王都のど真ん中に銅像《どうぞう》とか建てるタイプだぞ？」

「ま、まさかそんな……」

さすがのティオグもそこまではやらないだろう……と、断言できないところがちょっと怖い。

さっきまでの熱弁ぶりを見ているとそう思ってしまうな。本当に実行しようとしたら全力で反対するけど。


それから俺たちは、ラングトン騎士団長の執務室へ移動した。

まず彼が切り出したのは、交易路を襲った魔獣たちについての話だった。

「まず、あの魔獣たちは人間の手によって強化された種であると判明した。バーツたちが予想していた通りだな」

「そんなことが可能なのか？」

「研究者に確認したら、一応はできるらしい……ただ、それでも断言はできないと言っていた。普通は失敗して死んでしまうものなんだそうだ。だから、何万分の一の確率で生まれる突然変異種だった可能性もあるようだが……それがあのタイミングで現れ、しかも交易路を占拠《せんきょ》する理由がない。つまり、誰かが意図的に強化してやらせたと考えた方が現実的だって話だ」

ふむ……問題は誰が何の目的でそれを実行したか、だ。

しかしその犯人につながるヒントは、俺の手にはなかった。

「なんとも厄介《やっかい》な事態になったな……」

大きく息を吐き出したラングトン。

騎士団長という立場からすれば、気が気じゃないだろうな。

ただでさえ面倒な相手なのに、人の手が加えられていた形跡《けいせき》があったとなったら、そういう反応になるのも無理はない。

――と、思いきや、ラングトンには犯人についてある心当たりがあったようだ。

「実は諜報活動をしている者からの報告で、このセラノスに手を出そうとしている組織があるらしいと分かったんだ」

「手を出す？　それってつまり――」

「侵略《しんりゃく》行為だ」

俺の言葉に対し、ラングトンは神妙《しんみょう》な面持ちでそう付け加えた。

「穏やかじゃないな。というか、勝算があるのか？　セラノスは大陸最大国家だぞ？　それを相手に侵略だなんて」

「勝算がなければこんなバカげた真似はしないだろうな」

人口の少ない小国を相手にするのとはわけが違うからな。

しかし、気になるのはタイミングだ。

「そもそも黒幕《くろまく》はなぜ今このセラノスを狙おうと？」

しかしラングトンは首を横に振る。

「むしろ今が絶好機じゃないか？　うちは新しい国防組織の設立で内部がごたついているからなぁ。その混乱に乗じて国家の深部にまで潜《もぐ》り込もうって腹積もりかもしれん。……ちょうどその候補者たちを呼び寄せているところだしな」

「お、おいおい」

ラングトンの言葉が意味するのって――

「ひょっとして……ラングトンは王聖六将候補の中に、国を乗っ取ろうと画策《かくさく》している者がいると考えているのか？」

「おっ、鋭いじゃないか、バーツ。さすがはノエリーたちの師匠だ。なんだかんだ言って、その鋭い勘《かん》はもう一種の才能だな」

「はっはっはっ！」と豪快《ごうかい》に笑い飛ばすラングトンだが……笑っている場合ではないのでは？

「ああ、もちろん、君は真っ先に容疑者から外してあるぞ。ここまでのやりとりでそんなことができるヤツじゃないと分かっているからな」

「信じてくれるのはありがたいが……もしそれが事実だとすると、セラノスにとっては大問題じゃないか？」

「上層部は大慌てだろうな――とはいえ、まだ確証のない案件だ。警戒しておくにこしたことはないのだが、あまり神経質になっても、それはそれで判断を誤りかねない」

「確かにそうだな」

「なので、君はこれまで通りに過ごしてくれ」

今は騒ぎ立てず、相手の出方を窺《うかが》うということだろう。

緊張《きんちょう》状態が続けば、いざという時に実力を発揮《はっき》できないだろう。それに何より、さっきのは仮説の域《いき》を出ない。ここからより詳細な調査を続けていき、黒幕に近づこうってわけだ。

かといって、無防備すぎるのもよくない。さじ加減が難しいな。

それにしても……まだ全員会ったわけではないが、王聖六将候補にそのような存在がいる可能性も出てくるとは。

ニーナについては、少しの間だけ行動をともにしたけど裏のある気配を感じなかった。何よりフィオナがとても尊敬をしている人物というのもあって、可能性は低いだろう。

……残りは四人。

その中に、怪しげな計画を練っている者がいるというのか？

「他の王聖六将の候補者たちはいつ頃この王都に？」

「受けてもらえる場合は、近々集結することになる――が、それぞれ多忙な身だからな。諸々《もろもろ》落ち着かせてからこちらに合流する手筈《てはず》となっている。すでに王都内にいる者もいるがね」

それはそうか。

三流テイマー兼冒険者である俺は基本的に年中フリーみたいなものだし、同業者であるニーナは多少事情が異なるかもしれないが、他の候補者たちに比べたら比較的動きやすいだろうからな。

けど、これで残りの四人がかなり立場のある人物であるというのが分かった。

しかし、その中に黒幕がいるかもしれないとなれば、迂闊《うかつ》に相談もできないだろう。

「……なあ、ラングトン」

「うん？　どうした？」

「俺に協力できることがあれば何でもするぞ」

「ありがとう、バーツ。その時が来たら頼らせてもらうよ」

笑みを浮かべるラングトンだが、どこか疲れているようにも映る。

今の俺ができること……少し考える必要がありそうだな。

ラングトンの執務室から家に帰る途中、俺はこれまでの経緯を整理する。

一つの謎が解決したと思ったら、新しい謎が生まれた。

例の交易路に居座っていた魔獣たちは、何者かの手で強化された可能性が高い。しかも王聖六将の候補者たちの中に黒幕がいる可能性もある。

……この国の治安維持を任されているラングトンには頭の痛い話だろうな。

一緒に酒でも飲み、うまい飯でも食いながら愚痴《ぐち》のひとつでも聞こうかと思ったが、どうやらそのような暇もないくらい忙しいらしい。

「何か……彼の力になれたらいいんだけどな」

運河のほとりにある我が家へ戻ってきて一息ついた俺は、夜の闇《やみ》の中を優雅《ゆうが》に舞うホタルの淡《あわ》い光を眺めながら呟《つぶや》く。

ノエリーたちだって、彼が俺の頼みを律儀《りちぎ》に守り続けてくれたからこそ、立派に育ったのだ。

教育費として預けたのは大金だったし、あれから一度も王都を訪ねていないのだからそのまま自分の金にしてもバレはしなかったはず。

だが、ラングトンは最後まで約束を守ってくれた。

俺は当時、子どもたちの今後について真摯《しんし》に悩みを聞き、アドバイスをしてくれた彼だから、信頼して大金を預けた。

もちろん、ノエリーやミネットたちもそれを重々承知している。

だからみんなラングトンを慕《した》っているのだ。

当然、俺だって彼には深く感謝しており、だからこそなんとかしたいと頭を捻《ひね》っていた。

「力になるって……騎士団に入るんすか？」

「バカなことを聞くものじゃないぞ、クロス。すでに主は王聖六将として交易路をふさぐ魔獣たちを蹴《け》散《ち》らすという功績をあげたじゃないか」

「言われてみれば——って、誰がバカだ、コラ！」

「まあまあ、落ち着いて」

クロスの言葉にシロンが皮肉を足し、それをクウタがなだめる。

うん。

いつも通りの流れだな。

さっきまでいろいろと深刻に考えていたが、急にスッと身も心も軽くなったよ。さすがは俺の頼れる相棒たちだ。

一人頷《うなず》いていると、そこへシロンが口を開く。

「しかし、ラングトン殿の心労を考慮すると、あまり暢気《のんき》に構えてはいられないのでは？」

「そ、そうだな」

真正面から放たれた正論に、俺は一瞬返事に詰まる。

王聖六将なんて大層な立場に立ってみても、悩める騎士団長を救えないのでは意味がない。

こういう時に力を発揮する――それが俺に求められることだと思うんだよな。

けど、具体的に何から始めていいものやら。

「……独自に調査をするしかないか」

「なら、ミネットの姐御《あねご》にでも協力を頼んでみるっすか？」

「そうしたいのは山々だけど、あまり派手にやるわけにもいかないだろうしなぁ――うん？」

星空を眺めながらそう吐き出した直後、俺は付近に人の気配を感じた。

「……旦那」

「分かっているよ、クロス。誰か来たみたいだな」

この近辺は中心街からは離れており、ちょっとした森のようになっているが、れっきとした王都の中。

変な輩《やから》がうろついているはずもないので不審者ではないと思うのだが……さっきの話を思い出すと、不審者ではなく侵入者なのかもしれない。

俺たちはすぐに臨戦態勢へと移る。

もしかしたら、例の黒幕が暗殺者でも差し向けてきたか？

派手に暴れたらすぐに兵士が駆《か》けつけるだろうが、相手が暗殺のプロだったなら、音もなく静かに俺を殺すこともできるはず。

それに気配はひとつではなかった。

複数の人間が近くにいて、おまけに少しずつだが距離を詰めてくる。

警戒を強めたまましばらく様子を見ていると、やがて痺《しび》れを切らしたのか気配の正体が姿を現した。

あまりにも普通に出てきたものだから、俺たちは拍子《ひょうし》抜《ぬ》けしてしまう。

おまけに気配の持ち主が視界に入った瞬間、その予想外な正体に、思わず武器を握る手の力が弱まってしまった。

「あっ、え、えっと……夜分遅くにすみません」

おずおずとそう尋ねてきたのは男の子だった。

年齢は十一か十二ってところか。

それでもだいぶ小柄だし、それに随分と気が弱そうだ……そんな子が、この時間帯にこんな場所で何をしているんだ？

そこまで考えたところで、緩《ゆる》んでいた警戒心が一瞬で引き締められた。

考えすぎかもしれないが、もしかしたら、例の交易路にいた魔獣を仕込んだ黒幕の送り込んできた刺客《しかく》かもしれない。

とりあえず、警戒を強めつつ、もう少し様子を見てみるか。

「こんな遅い時間にどうかしたかい？　ひょっとして、迷子かな？」

「い、いえ、実は人を捜《さが》していて……バーツという方なんですが」

「うん？　バーツは俺だが？」

「えっ⁉　そ、そうなんですか⁉」

少年は驚いているが、それはむしろこちらがすべき反応だ。

俺は彼と面識がない。

なのに、なぜ彼は俺の名前を知っているんだ？

そもそもなぜ俺を捜しているんだ？

さまざまな可能性を考慮しているうちに、さっきのラングトンとの会話が脳裏によぎる。ここはやはり追及してみる必要がありそうだ。

「あぁっと……悪いが、君と以前どこかで会ったかな？」

「い、いえ、顔を合わせるのは今日が初めてです。――でも、いずれは僕と同じ立場の仲間となる人だから、一度会っておきたいと思って捜していたのですが……迷いに迷っていたらこんな時間になっちゃいました」

「そうか――って、同じ立場？」

何気なく少年が放ったひと言に、俺は戸惑う。

どういう意味だ？

俺と彼が同じ立場？

可能性があるならひとつしかないが、まさかこの少年が？

困惑している俺の様子に気づいたのか、少年は「コホン」とわざとらしく咳払いをして自己紹介をする。

「申し遅れました。僕の名前はトラビス――あなたと同じ、王聖六将候補の一人として招かれた者です」

「なっ⁉」

まさかの予感的中。

それにしても……嘘《うそ》だろ？

こんな少年が王聖六将だって？

「君が……王聖六将……？」

王聖六将は、大国セラノスの新たな国防組織の幹部だ。

俺がこれまでに顔を合わせているのはニーナだけだが、彼女は超一流の冒険者パーティーを束ねるリーダー。今日ティオグから聞いた他の候補者候補で断られたという人たちも、それに劣らぬ実力者ばかりだ。

なので、ノエリーやミネットよりもずっと若いこの少年がその幹部に名を連ねるなんて何かの間違いか、あるいは嘘なんじゃないか。

……いや、まったく可能性がないわけでもないのか。

つまり、このトラビスという少年もニーナに匹敵するとんでもない実績をあげていれば招かれてもおかしくはない。

けど、あのニーナと肩を並べるほどなんて、一体彼の正体は何者なのか。

「き、君は一体――」

「若《わか》っ！　こちらでしたか！」

俺がトラビスの正体について尋ねようとした時、一人の女性が割って入ってくる。

長い金髪のその女性は二十代半ばだろうか。

ノエリーたちよりも少し年上かな。

かなり慌てているらしく、肩で息をしながらトラビスへと近づく。

きちんとした身なりから察するに、冒険者の類《たぐい》ではなさそうだな。ティオグと同じく、文官って雰囲気が漂っている。トラビスのお姉さん――と言うには二人の顔立ちはまったく似ていない。

……というか、今トラビスのことを「若」って呼ばなかったか？

「あれ？　どうしたの、エリカさん」

当のトラビス本人は、突然のことにキョトンとしていた。

どうもこの反応がエリカと呼ばれた女性の怒りを招いたらしく、彼女は大声でこれまでの経緯を語り始めた。

「どうしたのじゃありませんよ！　夕食が終わったら何も言わずにいなくなっちゃって、みんな心配しているんですよ！」

「えっ？　王都の運河のほとりにいる王聖六将へ会いに行くって伝えたはずだけど？」

「……それ、誰に伝えましたか？」

「えっとぉ……あはは」

「笑って誤魔化《ごまか》さないでください！」

な、なんだ、この微笑ましいやりとりは。

やっぱり二人は年の離れた姉弟なのか？

でも、さっきトラビスはエリカを「さん」付けで呼んでいたし、どこか他人行儀《たにんぎょうぎ》なところがあるからそういう間柄じゃなさそうだ。

だからといって恋人同士の痴話喧嘩《ちわげんか》という感じでもない。

……いや、そう捉えるにはさすがに両者の年齢が離れすぎているか。

二人のやりとりをどう反応すべきかと眺めていたら、エリカと呼ばれている女性の方がようやく俺の存在に気づいた。

「あなたは確か……テイマーの」

「あ、あぁ、バーツという者だ。そちらのトラビスくんと同じように、王聖六将の一人としてこの王都に招かれている」

「えぇ、存じ上げております」

うん？

さっきまでとはまるで雰囲気が違うぞ？

まるで数多《あまた》の戦場を駆け抜けてきた歴戦の戦士が放つような威圧感《いあつかん》がある……ひょっとして、俺は彼女にめちゃくちゃ警戒されているのか？

というか、ますますトラビスの正体が分からなくなった。

エリカの先ほどの話を聞く限り、トラビスには仲間がいる。そうなると真っ先に思いつくのはニーナと同じ冒険者という線だが……どうもそんな風には見えない。

だとしたら、彼は一体何者なのだろうか。今度こそ詳しく聞き出そうとしたのだが――

「さあ、そろそろ参りましょう。でないと、待ちくたびれてみんなが暴れ出してしまいますよ？」

「そ、それは大変だ！　じゃ、じゃあ、バーツさん、またお会いしましょう！」

「えっ!?　あっ、ちょっと！」

結局、何ひとつ聞き出せないまま、二人は去っていった。

「あ、嵐《あらし》のような連中っすね」

「とても王聖六将の一人に選ばれるような男とは思えないが……」

「少なくとも、戦闘が得意分野というわけではなさそうだね」

クロス、シロン、クウタはそれぞれのトラビス評を口にするが……俺としてはクウタの意見がもっとも近いかな。

間違いなく、トラビスの得意分野は戦闘ではない。

となると、それ以外で秀《ひい》でた才能を持っているってわけか。自分よりずっと年上の大人であるエリカが敬語で接しているくらいだから、相当なのだろう。

「……明日、ラングトンに聞いてみるか」

とりあえず、今日のところは疲れたし早めに寝るとしよう。

明日こそは平穏《へいおん》無事に一日を過ごしたいところだ。

◇◆◇◆◇

トラビスの来訪から一夜が明け、俺は朝食を作りつつ、昨日一日を振り返っていた。

今思い出しても、「嘘なんじゃないか」という気持ちが抜けない。

まさか俺と同じ王聖六将の候補者の一人が、あんな子どもだったとなんて。

明らかに戦闘職ではなさそうだが、エリカという女性の態度を見る限り、お飾《かざ》りで今の地位を築いたというわけでもなさそうだ……ていうか、並みの子どもだったらそもそも王聖六将として推薦されたりはしないか。

ただ、前回のニーナ同様、まったく話の分からないワンマンタイプではなさそうで、そこは救いだった。

実はラングトンもそこを懸念《けねん》していたんだよな。

大国の国防組織で幹部をやってくれと頼まれるほどの人材であれば、プライドの高い者や、癖《くせ》の強い者もいるだろう。

その辺も考慮して人選していると言っていたが、実際に顔を合わせて会話をしてみなければ分からないこともあるだろうし、まだまだ手探り状態って感じがする。

そんな王聖六将の候補者で、俺がまだ顔を合わせていない者は残り三人。

最終決定がなされたわけじゃないので、今のメンツがそのまま名を連ねるわけではないかもしれないが……できれば、残り三人もニーナやトラビスのようにそれなりに話が通じるタイプだと非常にやりやすいから助かるな。

驚いたといえば、再会したティオグの現状もそうだ。

まさか国政に携《たずさ》わる仕事をしていたなんて……ここは王国だから、あの手の職は、出自も重要になってくる。いくら王都の養護施設で育ったとはいえ、平民出身、しかも孤児となれば偏見《へんけん》の目もあったはず。

それを乗り越えて今の地位にいるんだから、きっと凄《すさ》まじい努力を重ねてきたのだろう。師匠としては鼻が高いよ。

「さて、今日は何をしますかね、旦那」

朝食後のコーヒーを楽しんでいると、クロスがそう尋ねてきた。

「そうだなぁ……トラビスが一体何者なのか、ラングトンに聞いてみようと思ったが……彼は忙しいだろうな」

騎士団長であるラングトンは、俺と違って暇ではないのだ。何せまともに帰宅すらできないほどらしいからな。

となると、他にトラビスのことを知っていそうな人物は……もしかしたら、商会を運営するミネットなら何か情報を持っているかもしれない。その手の話題に詳しそうだしな。

ただ、あっちはあっちで忙しそうなので、長居はせずちょっと話を聞くだけにしておこう。

とりあえず、今日の行動が決まったな。

クロスたちにそれを伝えようと思ったら――

「あっ、先生。おはようございます」

俺たちの住む小屋にティオグがやってきた。

「ティオグ？　どうしたんだ、こんな早くに」

「実は、昨夜の会議でひとつ決定したことがあって……今、王聖六将の候補者たちへ、そのことを伝えに回っているんです」

「王聖六将に？」

「はい。現在候補にあげられている六名を最終的なメンバーとして国王陛下に承認していただき、お披露目《ひろめ》のパレードとパーティーを開催しようと考えています」

「っ!?」

思わず目を見開いた。

ついに王聖六将が決まるのか。

まあ、国としては一刻も早く態勢を固めたいだろうから、むしろ遅い方なのかもしれないけど。

――というか、そうなると……

「現在の候補で確定になるって話だったが……俺もか？」

「もちろんですよ！　経験豊富な先生にはぜひとも名前を連ねていただき、いろいろと助言をいただきたいと思っています！」

「そ、そうか……」

煌《きら》めく瞳《ひとみ》から放たれる輝きが眩《まぶ》しい。

それにしても……経験豊富、ねぇ。

ニーナとトラビス以外のメンバーについてはまったく知らないから何とも言えないけど、間違いなく俺以外のメンツの方が濃い経験をしていそうなのだが。

こっちはうだつの上がらない三流テイマー兼冒険者だったからな。他から不満の声が出ないかだけが心配だよ。

他のメンバーがどんな人材か不安を覚えたところで、トラビスの顔が浮かんだ。

ちょうどいい機会だからトラビスについて聞いておこうかな。

「なあ、ティオグ」

「なんでしょうか？」

「実は昨夜、俺と同じ王聖六将の候補者になっているトラビスという少年が訪ねてきたんだけど——」

「トラビス……」

途端《とたん》に、ティオグの顔から明るさが消える。

えっ？

何かよからぬワードでもあったかな？

しかし、本当に王聖六将の候補者として招かれているなら問題ないはずなんだけど。

「あ、あのトラビスという少年に何か問題があるのか？」

「いえ……彼は優秀な人材です」

険しい表情なので、厳しい言葉を聞くことになるかと思っていたのだが、意外にもティオグは彼を褒めた。となると、引っかかっているのは……やはり彼の年齢か？

「王聖六将に名を連ねるには若すぎる――と考えてるのか？」

「いえ、そこは気にしていません。王聖六将のコンセプトは、性別や年齢、種族に関係なく、とにかく優れた人を採用しようというものでしたので」

だとすると、ティオグはトラビスの何が気になっているのだろう。

ティオグはしばらく逡巡《しゅんじゅん》していたが、重そうに口を開く。

「実は……彼は大陸でもトップクラスの実績を誇る、『傭兵《ようへい》派遣商会』の代表を務めているんです」

「傭兵派遣商会だって？」

噂くらいは耳にしたことがある。

商品の売買ではなく、各地に兵を派遣する商会。当然のように批判的《ひはんてき》な意見を持つ国民も多いと聞いていたが、まさかその商会のトップを王聖六将に招き入れるとは。

――って、待てよ。

「あの少年が傭兵派遣商会のトップ……」

にわかには信じがたい。

勝手なイメージだが、傭兵と呼ばれる連中は粗暴《そぼう》で屈強な猛者《もさ》揃いって印象だ。

そんな連中が、あの十歳をやっと越えたくらいな少年の指示を、素直に聞くとは到底思えなかった。

「それは本当なのか……？」

「僕も最初は疑っていましたが……彼の専属秘書であるエリカという女性の態度や、付き従う多くの兵士たちの姿を見て事実であると知りました」

それはなんとも……いや、ティオグを疑うわけではないし、実際に俺もエリカという女性には会っている。

言われてみれば、彼女のトラビスに対する態度は確かに秘書と雇い主という感じだった。

ただ、やはりまだ信じられないな。

「ティオグは、なぜトラビスがあの若さで傭兵派遣商会のトップになれたのか知っているのか？」

「はい。もともと傭兵派遣商会の土台を作ったのは、彼の父親でした。しかし、病が原因で亡くなり、以後は息子であるトラビス殿が新しい代表へ就任しました」

なるほど。

つまりトラビスは二代目というわけか。

「しかし、それだけで兵士たちが言うことを聞くと思えないが……」

子どもの言いなりになって働くくらいなら商会を出ていこうと考える者がいても、不思議ではない。

「それが……そういう判断を下す者はほとんどいなかったんです。なにせトラビス代表は、先代が亡くなる前から戦術顧問《こもん》としても力を発揮していたそうで」

「っ！　あの若さで、か？」

「はい。我々が彼を王聖六将に招いた最大の理由はそこにあります」

「戦術顧問か……」

つまり、代替わりの前から指揮をとり、傭兵たちの信頼を得ていたというわけだ。

まあ、それなら納得できるな。

その傭兵派遣商会とやらの実績については何も知らないが、セラノス王国上層部が注目をするくらいだからよっぽどなのだろう。

ただ、だからと言ってその手の人間を国防にかかわる重要なポストに据《す》えるというのは、かなりリスキーではないだろうか。

ティオグやラングトンもその辺は重々承知しているはずだが……それでも、二人は彼を王聖六将に招き入れることを、最終的には承諾《しょうだく》したのだ。

「先ほどは年齢など関係なく優れた人材を王聖六将に、と言いましたけど……さすがにトラビス代表を王聖六将に加えるという話が持ち上がった際は、議会で賛否両論ありました」

そりゃそうだろうな。

優秀な人材を招きたいっていう国の意向については反対する余地こそないものの、あの年齢はどう考えても若すぎる。

それを起用しようというのだから、かなり思い切ったと思う。

ここまでの話を聞き、ひとつ気がかりなことがあったのでティオグに尋ねる。

「ティオグ、君の意見はどうなんだ？」

「ぼ、僕ですか？」

大臣の右腕として働いているというティオグ。

国の重鎮《じゅうちん》からも一目置かれる彼は、トラビスをどう捉えているのか。

「僕は……賛成派です」

……即答ではなかったな。

彼にも迷いがあったのか。

「そう言える根拠は？」

「彼に王聖六将の話を持ちかけて以来、いろいろと話をしてきましたが、非常に誠実で物腰が柔《やわ》らかく、好感の持てる人物でした。また彼が掲げる理念と、セラノスの目指す未来の姿はピタリとマッチしていたんです」

国が求めるコンセプトに合った人材……それはさっきも口にしていたな。

「それらの情報を総合的に評価した上で、国は王聖六将の一人として招きたいという判断に至ったのです……ただやはり、年齢からくる精神面での脆《もろ》さが危ういかな、と。ですが、これはあくまでも僕のイメージにすぎません。話をしてきたと言っても、まだまだ彼について知らないことは多いですから」

「これからの付き合い次第って面もあるな」

「そうですね。ただ、現段階では賛成したいという気持ちが強いです」

ティオグは真っすぐ俺を見つめながら言う。

迷いはあったが……吹っ切れて覚悟も決まっているようだな。

本音を口にできるのが彼のいいところだし、きっと大臣もそういうところを気に入ったんじゃないかな。

なら、俺がとやかく言う必要はない。

「分かった。俺も同じ王聖六将として、彼と協力してこの国をもり立てていくよ」

「よろしくお願いします！」

笑顔で頭を下げるティオグ。

とりあえず、トラビスの正体が分かってよかったよ。

第二章　テイマー指導者を探せ

ティオグから王聖六将が決定したという話を聞いてから、およそ三週間。

その間、俺は新米テイマーであるデリックたちの特訓を行《おこな》っていた。

テイマーとしての心得を説《と》いたり、実戦形式の鍛錬で、テイマーと魔獣を同時に鍛えたりと、ハードではあるが確実に実力のつくやり方だ。

次第に、俺たちの鍛錬に関心を持った若者たちが集ってきて、新たなテイマー志願者が増え始めていた。


「ふぅむ……」

この日、俺はラングトンに時間を作ってもらい、今後のことを相談するべく彼の執務室を訪ねていた。

今後のことというのは、人数の増えてきたテイマー志願者に対してどう対応すべきかということだ。こればかりは俺の一存では決められないからな。

　という相談を持ちかけたら、逆に「君はどうしたい？」と質問をされた。

　――で、その答えを考えて、さっきから唸《うな》っているというわけだ。

　そんな俺の様子を見かねたのか、ラングトンが助言をくれる。

「ノエリーが隊長を務め、デリックたち若手テイマーは目覚ましい活躍をしている。大臣たちも目を細めるほどだ。すべては彼らに適切な指導をした君の成果だよ」

「いやいや、あれは彼らに才能があっただけで、俺はちょっと手伝っただけさ」

「今のうちに必要なのは、そのちょっとした手伝いができる人材なんだよ」

　ニカッと太陽のように明るい笑顔を俺に向けるラングトン。それを見た瞬間、すんなりと言葉が出た。

「どうしたいかって話だけど……できることなら全員の希望に沿いたいが、これ以上人数が多くなると俺一人じゃ見きれないんじゃないかなって不安があるんだ」

「だったら、もう少しテイマー部隊の規模を大きくしてもいいかもな。今の調子ならテイマー志願者もまた増えそうだし……指導者も増やす方向で検討しよう」

「そ、そんなにあっさり決めてしまっていいのか？」

　俺としては嬉しいのだけど……いくら騎士団長という立場とはいえ、そう簡単に決められるものではないだろう。

だが、ラングトンは首を横に振る。

「もともと、デリックたちの後のテイマー部隊については、志願者を募《つの》ろうと考えていたんだが……遅かれ早かれ、指導者不足の問題には直面していただろうから、新しいテイマー指導者を増やすっていうのは上も問題なく通してくれるはず」

ラングトンの言葉に、俺は納得する。

「なるほど。そうだったのか」

この国の防衛組織には過去にテイマーが一人もいなかった。

騎士団は剣術を。

魔法兵団は魔法を。

それぞれの得意分野を徹底的に磨き上げ、国家の平穏を乱す者が現れれば、容赦なくその腕を振るう。

――だが、騎士団や魔法兵団を統合し、新たな国防組織を作ることになった。

そして現在この国では、騎士団ではノエリー、魔法兵団ではメイ、市井《しせい》では冒険者のフィオナや商人のミネット、さらに文官においてもティオグといった、若きテイマーたちが才覚を発揮している。

加えて、新米テイマーであるデリックたちの評価が上がっていることもあり、テイマーはさらに注目されてきていた。

今後の国防組織において、テイマーが活躍することは間違いないだろう。

となれば、よりよいテイマーを育て、組織を作っていくために、多少の無茶を国も聞いてくれるだろう。

「……しかし、そうなってくると問題は講師役の人選だな」

「それなんだよなぁ」

新しい国防組織の指導者だからな。腕はあっても裏で何をやっているか分からないってヤツを抜《ばっ》擢《てき》するわけにはいかない。

……そうなると採用基準はかなり厳しくなりそうだ。

「なあ、君の知り合いにいないか？」

不意にラングトンがそう尋ねてくる。

「えっ？　何が？」

「テイマーだよ。国防組織の若手を育成できるくらいの指導力がありながら、信頼のおける人物に心当たりはないか？」

「うーん……」

テイマーで信頼のおける人物、か……これまでパーティーにも所属せず、ずっとフリーでやってきたからなぁ。

おまけにこなすのはもっとも簡単な採集クエストばかり。なのでテイマーや冒険者の知り合いが多くないのだ。

と、そこで思い出した。

「あっ」

「うん？　心当たりがあるのか？」

「たった一人だけ、な」

かつて一緒に仕事をしたテイマーで、パートナー魔獣との接し方や育成の仕方が俺とよく似ている女性がいた。

彼女ならば、ラングトンにも推薦できる。

ただ、問題は二つある。

一つは、彼女の居場所を知らないということ。

そしてもう一つは、そもそも彼女が冒険者稼業をやめているかもしれないということ。少し前に、風の噂で冒険者を続けていると聞いたが、今はどうだか分からない。

最悪なケースとしては……常に危険がつきまとう冒険者という仕事をしている以上、ダンジョン探索中に凶悪な魔獣と出くわして亡くなっているかもしれない。最近見かけなくなったヤツが魔獣の胃袋の中に収まっていた……なんて話はよく聞いた。

……まあ、考えていても仕方がないので、とりあえず彼女がかつて拠点としていた町へ出向いてみるとするか。

◇◆◇◆◇

翌日。

俺は出発の準備を進めていた。

デリックたちの鍛錬は一週間ほど休みになり、彼らは他の部隊と合流して哨戒《しょうかい》任務につくこととなっている。例の交易路に居座っていた魔獣が出現した国境付近に向かうそうだ。

あの魔獣たちは人の手によって生み出された可能性があるという話だから、国境付近を重点的に警戒するのも当然のことだな。

ちなみに、友好関係にある近隣諸国で似たような事案が発生していないか、情報収集も積極的に行っているそうだ。今のところ、特に情報はないようだが……

デリックたちといえば、最近の彼らは自信に溢《あふ》れた顔つきをしている。

鍛錬によって成果が出ているからなんだろうけど、こういう時こそ油断せずに慎重《しんちょう》な行動を心がけるようにと念を押しておいた。

好調な時ほど気を引き締めて動くのが一流ってものだからな。

準備が完了し、クロス、シロン、クウタを連れて小屋を出ようとした時、急な来客があった。

「師匠、準備はできていますか？」

「ノ、ノエリー？」

やってきたのはノエリーだった。

そういえば、国境付近の警備任務の名簿に彼女の名前はなかったな。

「ラングトン騎士団長から連絡がありまして、同行させていただくことになりました」

「やっぱり……」

一人でも問題はないんだけど、ラングトンが気を回してくれたか。

まあ、頼もしいから嫌ではないんだけどね。

パートナー魔獣である鋼鉄魔人《アイアン・レイス》のアインはいないみたいなので、どこかで待機しているのか。だいぶ目立つから、必要な時に召喚術《しょうかんじゅつ》で呼び出すつもりなのだろう。

「護衛はお任せください！」

「ああ。今回も頼りにさせてもらうよ」

「はい！」

気合十分のノエリーを見ていると、俺も身が引き締まるよ。

最低限の荷物だけを持ち、王都と外をつなぐ門を目指して中央通りを歩いていく。

「ラングトン騎士団長からは、新しいテイマー指導者の勧誘に行くとだけうかがっているのですが、その方はどちらに？」

「彼女の現在の所在については不明だが、拠点にしていた町をかなり気に入っていたようだから、まずはそこに行くつもりだ。そこにはいないだろうが、あまり離れていないと予想している。まずはそこへ行って、情報を集めよう」

「分かりました。――えっ？　彼女？」

うん？

なんかそこに引っかかる要素でもあったかな？

ノエリーは目を丸くした後、じっとこちらを見つめてくる。

「師匠が新しい指導者として採用を検討している方というのは……女性なんですか？」

「そうだが？」

「あぁ……」

「パートナー魔獣との関係の作り方やテイマーとしての心得など、いろいろな考えが俺と一緒でな。

よく朝まで互いのテイマー論を語り合ったものさ。まあ、俺は当時はテイマーじゃなかったんだけど」

「あ、朝まで!?」

途端にテンションが低くなると思ったら、変なところで声が大きくなるノエリー。

だが、俺は特に気にせず話を進めていく。

「確かに、同じ女性冒険者であるニーナほど名前が売れているわけではないが、彼女のテイマーとしての腕は間違いなく一流だ。きっとデリックたちに好影響を与えてくれるはず」

「ぜ、絶賛ですね……」

なぜかさらに落ち込むノエリー。

うーむ、子どもの頃は比較的分かりやすい性格をしていたが、成長して難しくなったな。

その後、気を取り直したノエリーから質問攻めにあう。

「テ、テイマーとしては先生が一目置くほど優秀な女性というのは分かりました。では、普段はどんな人なんですか？」

「普段？」

つまりプライベートでって話か。

「どんな人、か。何と説明していいのか」

「じゃあ、名前はなんていうんですか？」

「エリザベッタだ。彼女と初めて会ったのはダーベスのギルドだったな」

「ダーベスって……確か、王都の北にある町ですよね？」

「そうだ」

俺は王都に来るまではラウディを中心に動いていたが、その前にはダーベスという町に滞在していた。

あそこは比較的危険度の低い採集クエストが多かったからなぁ。俺にとっては何かと好都合だったんだ。

エリザベッタは、もともとまったく違う町を拠点に活動している冒険者であり、ダーベスを訪れた理由は、ダンジョンの新規開拓《かいたく》のためだと言ってたっけ。

ただ、それからあの町を気に入ってしばらく滞在していたな。

「ギルドではどのような話を？」

「話？　ほとんど、テイマーに関する話題ばかりだったな。俺は当時はテイマーを廃業《はいぎょう》してたけど、彼女は現役テイマーだってことで意気投合したのがきっかけで、そのまま酒屋に行って朝までしこたま飲んで……それからかな、ギルドで顔を合わせるたびにいろいろと話をするようになったのは」

「ほ、ほぉ……」

ノエリーが微妙な表情で俺の顔を見つめる。

どういう感情なんだよ、それ。

まあ、それは置いておくとして。

「結局、エリザベッタとはそうした付き合いが一年近く続いたかな」

「け、結構長かったんですね」

「エリザベッタは拠点をダーベスに移したからな。俺もたまにクエストの手伝いとかしていたし」

「そ、それってつまり……」

「うん？　つまりなんだ？」

「い、いえ、なんでもありません。それより、それほどまでに仲がよかったということは、最近まで交流があったんですか？」

「いや、ここ五年くらい会っていないかな？」

「そうなんですかぁ！　――い、いえ、またどうして？」

一瞬ニコッと微笑んだようにも見えたが、気がつくといつもの真面目なオーラをまといグイッと顔を近づけてくるノエリー。

何がそこまで彼女の興味を引いたのか分からないが……俺とエリザベッタの関係が終わってし

まった理由は至極簡単なものだ。

「結婚したんだよ、彼女。おまけに、そのことを俺に報告してきた時にはすでに妊娠《にんしん》もしていたんだ」

「えぇっ!?」

意外だったのか、ノエリーは変なポーズで驚く。

こういう場面で落ち着きのなさが出るのは昔と変わらないな。

「そ、それ、本当なんですか!?」

「このタイミングで嘘をついてどうするんだ」

「で、ですよね！　お相手は!?」

「同業者――つまり、冒険者だ」

「その相手に直接会ったことは？」

「いや、ないよ。ただ、とある有名冒険者パーティーのリーダーを務めるゴレンという人物だってのは彼女から聞いている」

「ゴレン……聞いたことありますね」

確かに有名人だからな。実力はもちろん、人格者としても知られており、大陸でも屈指《くっし》の巨大冒険者パーティーをまとめる大頭《おおがしら》だ。

「エリザベッタは俺に報告すると、そのままダーベスの町を出た。それからしばらくして、俺もラウディに移ったんだ。それからは会っていないよ」

とりあえず今回は、ダーベスに行ってそこから彼女の足取りを追う予定だ。

「そ、そうだったんですね」

「ちょっと前に聞いた噂じゃ、冒険者を続けているそうだが……それが本当なら、今回の提案も受け入れてくれるとは思うんだけど」

「な、なるほど……」

セラノス王都で兵士の訓練をするだけなら、冒険者稼業を続けるよりも安全で実入りが多いからな。

当時妊娠していたということは、もう子どもはそれなりに大きくなっているはずだし、少しでも多く稼ぎたいだろう。

あとは旦那さんの方が許可してくれるかどうか、かな。

ただ、そういったことを抜きにして、指導者としてだけ考えるならば、彼女は適任だと思っている。

業界的には無名であるエリザベッタだが、俺と共通する理念が多い。

何より、彼女とパートナー魔獣とは固い絆《きずな》で結ばれており、テイマーと魔獣の理想的な関係であると言えた。

あの人なら、きっといい先生になる。

ただ、彼女は冒険者という仕事に誇りを持っていたからなぁ。

もしかしたら、断られるかもしれない。

一応、数少ないながらテイマーの知り合いは他にも何人かいるが、彼女と比較したらどうしても見劣りしてしまうし、何より彼女ほど信頼できるかと言われたら疑問符がつく。

さて……どうなることやら。

◇◆◇◆◇

王都を出て二日後。

俺たちは目的地の町ダーベスにたどり着く。

――が、そこは予想外の事態に陥《おちい》っていた。

「これは……どうなっているんだ？」

俺が冒険者として活動していた頃とは、町の雰囲気がまるで違う。

廃墟《はいきょ》――とまではいかないが、ほとんどの店が閉められている。民家もあるが、そこにも人の気配がしない。

誰もいないというわけではなく、数人ほど確認できるが、明らかに冒険者ではなく、町の住人だろう。

「し、師匠……これは……」

俺以上に困惑していたのが同行しているノエリーだ。

彼女がこの町に来たのは初めてだからなぁ……賑《にぎ》やかだった頃の姿を知らないため、俺の教えた情報とまったく違う町の光景に戸惑っているようだ。

「……俺がこの町にいた頃の面影《おもかげ》が見えないほど変わり果ててしまっている」

「な、何かあったのでしょうか」

「冒険者の姿が見えないというのが気がかりだ。きっとダンジョンに何かあったのだろう。とりあえず、この町に起きている事態を把握《はあく》するか」

「は、把握するって……どうやって？」

「町がなぜここまで変貌《へんぼう》してしまったのか——それを知るのはこの町で一番偉い人さ」

「偉い人？　——あっ！　町長ですね！」

「そういうこと。俺はあの人と面識があるし、きっと説明してくれるはずだ」

町長は元冒険者ということもあって、当時の俺のように若くて金のない駆け出し冒険者たちに優しく接してくれた。

ある時は宿代をタダにしてくれたり、自宅に冒険者たちを招いて食事を振る舞ってくれたり、とにかく冒険者という仕事に理解のある人物だった。

真相を確かめるべく、俺とノエリーは町長の屋敷がある場所を目指した。

かつては多くの冒険者で賑わっていた通りを抜けて町長の家に近づくと、目的の人物は花壇《かだん》に水やりをしている最中だった。

「ソイロ町長！」

「うん？　おおっ⁉　バーツか⁉　これはまた懐かしい顔だな！」

ひと目見ただけで俺のことを思い出してくれた……正直、もう忘れられていないかと心配していたが、杞憂《きゆう》に終わったようだ。

「今日はまたどうした？　たくさんのパートナーに……可愛らしい相棒まで引き連れて」

「っ！　そ、そんな……可愛いだなんて！」

「ぶふっ⁉」

照れ隠しでソイロ町長の肩にパンチをお見舞いするノエリー。

思ったよりも力が入っていたようで、ソイロ町長はよろけていた。

「は、ははは、随分と元気のいい娘さんだな。それより、ダンジョンへ探索に行こうというなら……悪いことは言わない。やめておけ」

「いや、実はもう冒険者は廃業を——って、なんですって？」

「ダンジョンへは行くな。命が惜《お》しいのならな」

……なんてこった。

とても俺の知っているソイロ町長の言葉とは思えない。

冒険者には積極的にダンジョンへ挑戦するように煽《あお》っていた彼が、ダンジョンへは行くなと言うなんて……

ただ、そのあと口にした「命が惜しいのなら」という言葉が気になった。

その謎を解明するため、俺はソイロ町長を追及する。

「一体何があったんですか？　この町のダンジョンはどうなっているんですか？」

「それは……」

「相当強い魔獣がいるんですね？」

ノエリーが言うと、ソイロ町長は凄い勢いで彼女を見る。どうやら、図星のようだな。

「そんなに厄介な魔獣がいるんですか？」

「まあ、な。これまで多くの手練《てだ》れが挑んだが、全員何もできず命からがら逃げ出すのがやっとだった。おかげですっかり自信を失い、冒険者を廃業していったよ」

それがこの町がここまで荒廃した理由というわけか。

ソイロ村長が見込んだ冒険者たちでさえ太刀打《たちう》ちできずに退散するほどの魔獣が潜《ひそ》んでいるなんて。

世話になった町長のためになんとかしてやりたいが、まずはここへ来た目的を果たさなくてはならない。

「ソイロ町長……実は今日このダーベスへ来たのは、かつて俺と一緒にダンジョン探索をしていたエリザベッタの居場所に関して、何か情報をお持ちでないかと思って」

「っ!?」

俺がエリザベッタの名前を出した途端、顔を強張《こわば》らせるソイロ町長。このタイミングでその反応はめちゃくちゃ嫌な予感がする。

「あの、もしかしてなんですが……エリザベッタはダンジョンに？」

「……向かったよ、たった一人でな。かれこれ一ヶ月前にこの町に戻ってきて、そのままダンジョンへ」

「「い、一ヶ月!?」」

俺とノエリーは顔を見合わせる。

一ヶ月前に来てダンジョンに向かったとなると、もう戻ってきてこの町を出ているということだろうか。となると、完全に入れ違いとなったわけだ。

――と、思ったのだが、どうも事情は異なるらしい。

「彼女はまだダンジョンの中にいるはずだ」

「えっ!?」

「戻ってきていないのだよ」

「そ、そんな……」

それくらい長期的な滞在をすることもあるにはあるが……さっきの話を聞いた直後ということもあって不安だ。

エリザベッタ……彼女の身に何が起きたっていうんだ？

冒険者として名が通っているわけではないが、実力は確かだ。

それがダンジョンに入ってもう一ヶ月近くが経過し、音沙汰《おとさた》もないことを考慮すると、一刻も早く救助に向かわなくてはならない。

とはいえ、これまで討伐に挑んだ冒険者たちを返り討《う》ちにしているという魔獣が相手だからな。

万全の対策が必要になるだろう。

「師匠……私のアインをこちらへ召喚します。あの子も一緒なら、解決できる可能性もかなり上がるのではないでしょうか」

「……そうするしかないだろうな」

ノエリーからの提案を受けて、俺も決心がついた。

戦闘慣れしているシロンとクロスがいるし、神獣のクウタがいる。そこへさらにSランク魔獣の鋼鉄魔人《アイアン・レイス》も加われば心強い。

最善のメンツで挑むべきだろう。

「そうと決まれば、すぐにでもダンジョンへ行くしかないっすよ！」

「慌てるなと言っているだろう、クロス」

エリザベッタを救出するため、テンションの上がるクロス。

……しかし、ダンジョンに潜んでいるという魔獣以外にひとつ気がかりな点がある。

それは——彼女が単独でここを訪れたという点だ。

仮に、エリザベッタが単独で動いていたとしても、一ヶ月近く戻ってこなかったのなら、旦那や所属しているパーティーの誰かが様子を見に来てもおかしくないはず。

だが、ソイロ町長の口ぶりでは、そのような人物はここへ来ていないという。

これは何を意味するのか。

「………」

「どうかしましたか、師匠」

「いや、なんでもないよ」

考え込んでいると、アインの召喚の準備を終えたノエリーが声をかけてきてハッと我に返る。

とにかく……やるしかないか。

「よし。ダンジョンへ行こう。ただし、くれぐれも油断しないようにな。シロンが言ってくれたように慌てずに。多くの冒険者が挑んで断念している……これまで俺たちが探索したことのあるダンジョンとは別物と思うんだ」

「おう！」

「了解した」

「はい！」

元気よく返事をする魔獣たち。

ちょうどその時、ノエリーのパートナーであるアインの召喚も終わり、ベストメンバーが揃った。

「うちの町民たちも、あの魔獣が居座ってから商売がうまくいかなくなっているからな。討伐してくれるなら力を貸すぞ」

ソイロ町長が全面協力を申し出てくれたおかげで、アイテム補給の心配もなくなりそうだ。

本当なら今すぐダンジョンに乗り込んでエリザベッタの捜索にあたりたいところではある。

だが、強い魔獣がいる上にしばらく足を踏み込んでいない場所へノープランのまま突っ込んでいくのはとても危険だ。

万全の状態でダンジョンに挑むべく、今日のところは長旅の疲れを癒《いや》すために早めの休みを取ることにした。

第三章　エリザベッタ救出作戦

翌朝。

いつもより早く目が覚めてしまった。

疲れを取るためには熟睡《じゅくすい》しなくちゃいけないんだろうけど、エリザベッタの安否が気になってなかなか寝つけなかったんだよな。

それは俺以外のメンバーも同じだったらしく、クロスやシロン、クウタもすでに目覚めており、ノエリーも準備万端だった。

「よし。問題のダンジョンへ乗り込むとするか」

俺が呼びかけると、ノエリーたちの口から気合の入った返事が飛んでくる。

相手がどれだけ強くても必ず倒すという決意を胸に、俺とノエリー、そしてそれぞれのパートナー魔獣たちはエリザベッタを救出するため町を発《た》った。

ダーベスの町から少し離れた位置にあるダンジョン。

俺も一年ほど、ここに通っていたんだよな。

周りの景色や雰囲気は当時と何も変わっていないな。

「おぉ……懐かしいな」

一歩ダンジョン内へ足を踏み入れると、最初に口をついて出たのは率直な感想だった。

ちょっと赤みがかった色をした岩壁《がんぺき》や少しずつ天井が高くなっていく構造など、当然と言えば当然なのだが、昔とまったく変わっていない。

――って、思い出に浸《ひた》っている場合じゃない。

冒険者のいなくなったダンジョンは静まり返っていた。

別に、俺がいた時も特別賑やかというわけじゃなかったけど、人の気配というか、誰かがいるんだろうなっていう感覚はあった――が、今はそれがまるでない。

「不気味なほど静かですね」

「ああ……なんだか、世界中に俺たちだけしか存在していないと錯覚《さっかく》してしまうくらいだ」

「…………」

「？　どうした、ノエリー。急に黙《だま》って」

「っ!?　い、いえ、なんでもありません！　『それはそれでありかも』とか微塵《みじん》も考えていませんので！」

「そ、そうか」

何やら凄い勢いで喋《しゃべ》り出したノエリーにビックリしつつも、俺たちは一歩ずつダンジョンの奥へと進んでいく。

「シロン、何か臭うか？」

「今のところは何もないな」

本格的なダンジョン探索は久しぶりだ。

エリザベッタとコンビを組んだ時以外は基本的に採集クエストしかこなしていなかったから……クウタたちを連れていた頃、クビになったパーティーに在籍していた時以来か。

ちょっと前にフィオナの件でダンジョンに足を運んだには運んだのだが、あの時とは状況がまるで異なる。ニーナという頼もしいベテランもいたしな。

そういうわけなので、こちらの連れている魔獣が強力になっているのは頼もしい限りなのだが、俺自身にかなりブランクがあるのも事実。

ノエリーとアインの実力も素晴らしいが、こちらもダンジョン探索の経験はそこまで多くないと聞いている。

どのような事態が起きてもすぐに対処できるよう気をつけながら進んでいると――

「む？」

視線の先に浮かび上がるぼんやりとした光。

それはふよふよと漂っているように少しずつ動いている。

「発光石の類《たぐい》ではなさそうだが……」

「魔獣でしょうか？」

「その可能性も十分ある。油断するな」

「はい！」

ノエリーとそう打ち合わせ、同行するパートナー魔獣たちも一斉に頷いた。

どう見たって怪しいからなぁ。

ここは注意深く進んでいくとしよう。

もしかしたら冒険者たちを苦しめている凶悪な魔獣か、あるいはエリザベッタの行方《ゆくえ》にかかわるヒントかもしれない。

俺たちは光の方向へ走り出し、やがてたどり着いたそこは……これまでよりもずっと天井が高く、幅も広い空間だった。

「このダンジョンにこんな場所があったとは……」

何度か探索のために入ったが、こんな空間は初めて見る。

茫然《ぼうぜん》とする俺の視線の先に、先ほどまで漂っていた光の塊《かたまり》が転がっていた。

それは石ころのようだが……当然、ただの石ではない。

「発光石のようですね……」

落ちていた石を手に取ったノエリーが言うように、こいつは暗いダンジョンの貴重な光源である発光石だ。

しかし、発光石は勝手にさっきのように空中で漂うようなものではない。

それに、魔力を込めることで初めて発光する仕組みになっているのだ。

以上のことから分析するに——

「この近くに魔力を使い、発光石で俺たちを誘導《ゆうどう》した者がいる……？」

「もしかして、エリザベッタさんでしょうか？」

「どうだろうなぁ……シロン」

「周辺から彼女の匂いはしないが、妙な気配を感じる」

牙をむき出しにして、シロンは警戒を強める。

さらにクロス、クウタ、アインといったパートナー魔獣たちが相次いでシロンと同じように緊迫《きんぱく》した空気を醸《かも》し出した。

「……どうやらお出ましのようですね」

小声でノエリーが呟く。

エリザベッタは近くにいない。

だが、魔力を使い、Sランクや神獣レベルの魔獣が警戒するほどの相手が潜んでいる。

それは恐らく……あの町から活気を奪《うば》った元凶《げんきょう》だろう。

俺とノエリーも敵襲に備えて辺りを慎重に見回していく。

すると、なんだか景色に違和感を覚えた——その直後。

「っ⁉　危ない⁉」

「えっ？　——きゃっ⁉」

異変を察知した俺は慌ててノエリーに飛びつく。

次の瞬間、「ドゴォ！」という音とともに、突如《とつじょ》地面が大きくえぐれた。まるで何か大きくて鋭《えい》利《り》な硬《かた》い物を地面に叩きつけたような痕《あと》だ。

「い、一体何が起きたんですか？」

「敵だよ。ついにこのダンジョンから人を遠ざけるきっかけになったヤツが姿を現したみたいだ」

「す、姿を現したって……」

ノエリーが困惑するのも無理はない。

なぜなら、魔獣の気配はしても肝心《かんじん》の姿がどこにも見当たらなかったからだ。

周りには特に変わった様子が見られない。地面が大きくえぐれた痕だけが残り、それ以外は現状のまま。

もちろん、俺にも敵の姿は見えていない――が、間違いなくこの場には俺たち以外の何者かが潜んでいて、こちらを付け狙っている。

どういう原理で姿を見えなくさせているのかは不明だが……ともかく、こういう場面ではシロンの嗅覚《きゅうかく》が役に立つ。

「シロン！」

「分かっている、主！　――敵はすぐ近くだ！」

「で、でも、どこにも姿が見えないけど？」

近くにいるとは言われても、目でその存在を確認できないのでオロオロするノエリー。

こいつは……かなり厄介な相手だな。

「今度は上からくるぞ！」

「くっ！　避けるんだ、ノエリー！」

「は、はい！」

無我夢中《むがむちゅう》でその場から退避する俺たち。

すると、再び激しい衝撃とともに地面がえぐられる。

嗅覚の鋭いシロンが逐一《ちくいち》攻撃してくる場所を教えてくれるが、それでも攻撃を避けるのが精一杯でとても反撃できる隙《すき》はなかった。

「うぅ……なんだかイライラする敵ですねぇ……」

ノエリーは反撃できないストレスで爆発寸前だった。

無理もない。

デカいとか硬いとか、目に見える特徴があればいくらでも対処できるのだが、さすがに姿が見えないというのは想定外だった。

姿が見えなければ明確な対処法が分からないというのも、またストレスだ。

「これはまいったな……」

「姿が見えないなんて反則ですよ！　いっそ全身がピカピカ光っていてくれた方が戦えるだけマシです！」

思わぬ苦戦を強いられ、叫ぶノエリー。

まるでたまった鬱憤《うっぷん》を吐き出すような声だったが、その中にヤツの正体を暴くヒントが隠されていた。

そのおかげで、ある考えが思い浮かんだ。

「お手柄だ、ノエリー」

「へっ？」

「魔獣を闇から引きずり出す方法が思い浮かんだんだよ」

「本当ですか⁉」

「あぁ……こいつを使う」

そう言って、俺は周囲に落ちている発光石を拾い上げた。

「は、発光石？　それをどうするんですか？」

「まあ見てなって」

俺は発光石を握ると、この作戦に欠かせないパートナーへ声をかけた。

「クロス！　こいつを持て！」

「えっ⁉　発光石なんか何に使うんすか⁉」

「詳しいことはあとだ！　シロン！　クロスを乗せて敵を追え！」

「っ！　なるほど！　そういうことか！」

「勝手に納得してんじゃねぇよ！　俺はサッパリだぞ！」

こちらの意図が汲《く》み取れていないクロスであったが、シロンに「いいからさっさと背中に乗れ」と急《せ》かされて渋々《しぶしぶ》またがる。

それからシロンは鼻をピクピクと動かし、周囲の臭いから敵の位置を把握するとそこを目がけて駆け出した。

「おい待て！　突っ込む気かよ！　おまえと心中なんてまっぴらごめんだぞ！」

「ならば安心しろ！　こちらもそのつもりだ！」

クロスの言葉をサラッと流しつつ、シロンは姿の見えない敵に向かって突き進む。やがて、正確な位置を把握する。

「クロス！　今からヤツの懐《ふところ》へ飛び込むから、ありったけの力を込めて発光石をぶつけろ！」

「ぶ、ぶつける!?　――っ！　そういうことか！」

ここでようやくクロスが作戦を理解したようだ。

シロンが姿の見えない魔獣へ飛びかかると、クロスは発光石を乗せた手を力いっぱい真っすぐ伸ばした。

すると、「ガン！」という何かがぶつかり合う音が響《ひび》き渡る。

直後、敵はこちらの狙い通りの状態となった。

「よし！」

思わず小さくガッツポーズをする。

クロスのぶつけた発光石は砕け散り、魔獣の体表面に付着。それらがぼんやりと光り出して敵の位置を教えてくれる。

どうやら周囲の景色に擬態《ぎたい》する能力を持っているらしい。それで姿を隠しながら、発光石で俺たちを誘導したのだろう。

あの形からして……サソリ型の魔獣らしいな。

「お見事です、師匠！」

「浮かれるのはヤツを倒してからだ。恐らく長い尻尾の先端にある針《はり》には猛毒が仕込まれているはず。一瞬たりとも油断するな」

「はい！　いくよ、アイン！」

「ボッ」

さあ、敵の姿が見えたところで――反撃開始といこうか。

敵の正体が明確になったことで、こちらの戦意は燃え上がる。

向こうも自分に俺たちの視線が集中しているのに気づいたらしく、ヤケクソになったのか突っ込んできた。

回避して反撃に移ろうとしたが、それよりも先に反撃した存在があった。

「ボッ！」

ノエリーのパートナー魔獣である鋼鉄魔人《アイアン・レイス》のアインだ。

「あなたの力を存分に見せてあげて、アイン！」

「ボボッ！」

突っ込んでくるサソリ型魔獣に対し、アインは文字通り鉄拳《てっけん》で迎え撃つ。猛毒に怯《ひる》むことなく、大きな拳でぶん殴った。

「ギィッ!?」

強烈な一撃を食らった魔獣は吹っ飛ばされ、岩壁に背中から激突。

「うわぁ……ありゃ痛ぇぞ」

「毒を一切恐れずぶん殴るとは……やるな」

アインの戦い方を見て感心するクロスとシロン。

サソリ型魔獣からすれば、この二体よりもアインはずっと戦いづらい相手だろう。何だったら天敵と呼んで差し支えないレベルだ。

根拠はふたつある。

まず、あの魔獣の主な武器となっている巨大な二本のハサミ。これによる攻撃はアインにとってかすり傷にもならないのだ。

そもそも鋼鉄魔人《アイアン・レイス》がなぜSランク魔獣と言われるのか……多くの者は、巨体から繰り出される圧倒的な攻撃力を理由に挙げるだろう。だが、真骨頂《しんこっちょう》は大半の物理攻撃を無効化する強固なボディにあった。

物理攻撃だけじゃない。

サソリ型魔獣の尻尾の針には毒が仕込まれているんだろうが、アインには毒の類《たぐい》は一切通じないのだ。

これもまた、鋼鉄魔人《アイアン・レイス》の特徴のひとつ。

金属製のボディに、毒を注入することはできない。

こうした事実から、あのサソリ型魔獣はアインに勝つことはできないだろうと俺は踏んでいた。

「ボッ！」

振り下ろされた大きなハサミを受けとめるアイン。

サソリ型魔獣はもうひとつのハサミで追撃を試みるが、強固なボディに傷をつけることすらできず、弾き返されてしまう。

今度は尻尾の毒針をアインに突き刺そうとするが、これも硬いボディに阻まれ、毒針が折れてしまい、そこから毒液がダラダラと垂れていた。

攻撃をしている自分がダメージを負っていることに動揺《どうよう》している魔獣に対し、アインは再び鉄拳をお見舞いする。

手も足も出ないと判断したサソリ型魔獣から、急速に闘争心が失われていく。

自分の攻撃手段がことごとく通じず、逆に相手の強烈なパンチをもろに食らえば戦う気力もなくなるか。

「その調子よ、アイン！」

「ボボッ！」

トドメとばかりに、アインはフルパワーでパンチを繰り出す。敵の魔獣はそれをまともに食らってしまった。

「ぐぅ……」

これが決め手となり、サソリ型魔獣は低い唸り声をあげるとついにピクリとも動かなくなる。どうやら勝負あったようだな。

「よくやってくれました、アイン」

「ボッ！」

ノエリーから褒められて嬉しそうなアイン。

まあ、表情とか分かんないけど、あれはきっと喜んでいるに違いない。

「それにしても……」

俺は動かなくなったサソリ型魔獣へ近づいていく。

ふと思い出したのは、交易路で商人たちを襲っていた、あの狼《おおかみ》型魔獣の群れだ。

あれは間違いなく人の手によって生み出された存在だった。

こいつも今まで見たことがないということは、同じ類《たぐい》のモノなんだろうか。

「一体誰がこんなことを……」

通常種より遥かに戦いづらい、特殊な力を持った魔獣たち。

今のところ、こいつらが何者かに操られているという形跡はないが……ラングトン騎士団長も調査に乗り出しているようだし、じきに詳細な情報を掴《つか》むだろう。

――っと、まだのんびりするには早いか。

肝心のエリザベッタの所在がまだ不明だからな。

できれば、もうこんな面倒な魔獣を相手にしたくはないが……また別の魔獣と戦う羽目になるのではと考えていると現実になったりするから、この辺でやめておくとするか。

姿を消すことができるサソリ型魔獣を退治した俺たちは、さらにダンジョンの奥を目指して進んでいく。

あいつが例の、冒険者たちを引退に追い込んだ魔獣とは思えなかった。

確かに戦いづらい相手ではあったが、戦闘力自体はそれほどでもなかったからだ。まあ、アインがヤツとの相性がよすぎて簡単に倒せたというのもあるが……それでもあれくらいなら倒せる冒険者はいるはず。

恐らく、俺たちが討伐すべき魔獣は別にいる。

それを警戒しつつさらに奥へ進んでいくのだが、ここで問題が発生した。

「あれ？　行き止まりか？」

分岐点もなく、真っすぐ歩いてきたのにもう道がない。

つまり、ここがダンジョンの最奥部となる。

昔潜った時とは道が違う気もするが、記憶が定かではない。

いずれにせよ、この行き止まりに来るまで、道中でエリザベッタに遭遇《そうぐう》しなかった。

……嫌な予感がする。

一ヶ月も戻らないという情報も重なり、彼女の身に何かが起きたという暗い可能性が頭を埋め尽くす。

「どうかしましたか、師匠？」

「っ！　い、いや、なんでもないよ」

黙り込んで考えていると、ノエリーが心配して声をかけてくれる。おかげで負の思考から解放されたよ。

「もう道はないようですけど、これで終わりというわけじゃないですよね？　どこかに隠し扉でもあったのでしょうか」

「うーん……俺が冒険者時代にここを訪れた時には、そんな仕掛けがあるって話はなかったはずだが」

とはいえ、それはもう何年も前の話。

ダンジョンの構造が変わって、俺たちが知らないルートがあるのかもしれない。

しかし、今やこの地に冒険者は皆無《かいむ》。

その情報を手に入れるのは困難だろう。

かといってそれを知っている者を探しに町に戻るわけにもいかない。俺たちは一刻も早くエリザベッタを見つけ出さなければならないのだ。

「いずれにせよ、引き返すしかないようだな」

「でも、どこにも怪しいところなんかなかったっすよ？」

……クロスの言う通りだ。

俺たちは姿を消すサソリ型魔獣と対峙《たいじ》する前から、細心の注意を払ってここまでやってきた。

その道中に隠し通路があるというなら、きっと誰かが気づいているはず……それがなかったということはつまり——

「道中に隠し通路があった可能性は低そうだな」

「我もそう思うぞ、主」

俺の言葉に賛同したのはシロンだった。

彼女には他の魔獣にはない武器——嗅覚がある。それでも隠し通路を発見できなかったということは……やはり、この近辺に何かあると考えた方が自然だろう。

「この近くをくまなく探してみよう。必ずどこかにヒントがあるはずだ」

そう呼びかけて、近辺の捜索へと移行。

シロンを中心に調べているのだが——それらしい通路は発見できなかった。

「見つかりませんね……」

「やっぱり、エリザベッタの姐さんはさっきのサソリ型魔獣にやられちまったんじゃないっすかね」

「ク、クロス！」

「笑えないジョークだな」

「わ、悪かったって」

いつもの軽口で、クウタとシロンからお説教を食らうクロス。

……だが、俺も同じ考えが脳裏をよぎっていた。

ハッキリ言って、俺たちがあのサソリ型魔獣に勝てたのはこちらのパートナー魔獣の相性がよかったからだ。

エリザベッタもテイマーではあるが……俺の記憶にある彼女のパートナー魔獣では、あのサソリ型魔獣の特性に対処はできないだろう。

「し、師匠、諦めたらダメですよ」

近くにあった岩に腰を下ろし、俯《うつむ》いていた俺に声をかけてきたのはノエリーだった。

「エリザベッタさんは師匠の元パーティーメンバーなんですよね？」

「パーティーメンバーと呼べるほど常に行動をともにしていたというわけではないけど……でも、そうだな。彼女は大切な仲間だった」

「だったら見つけましょう！　必ずこのダンジョンのどこかにいるはずです！」

「ノエリー……そうだな。エリザベッタは――」

その時、俺は違和感を覚えて立ち上がる。

「ど、どうしたんですか？」

「いや……何か、妙な音が聞こえた気がして」

「音？」

ノエリーには聞こえていないようだが……間違いない。

どこかから音がする。

――きっと、こいつが次の道を切り開くヒントになるはずだ。

俺は耳をすまして聞こえてきた音の出所を探る。他のみんなも音に注意しながら周辺の再調査に挑んだ。

やがて、俺は足元に違和感を覚えて地面に手を添える。

「師匠？　地面に何かありました？」

「あぁ……もしかしたらってレベルのわずかな違和感だけど――アイン」

「ボッ」

俺は思いついた方法を試してみようと思い、ノエリーのパートナー魔獣であるアインを呼び寄せる。

普通は主人の言うこと以外聞かないのだが、その主人であるノエリーが許可を出しているのでこちらの指示に従ってくれるそうだ。

……では、早速やってもらうとするかな。

「アイン。全力で地面を殴ってくれ」

「じ、地面っすか!?」

「なるほど。そういうことか」

クロスはよく分かっていないようだが、シロンは俺の狙いが読めたらしい。ノエリーやクウタも察したみたいだな。その中でも、今回についてはクウタの存在がキーポイントとなる。

「クウタ」

「分かっています。いつでもいけますよ」

「よし。頼むぞ」

「えっ？　頼むって……何をする気なんすか？」

「クロス、受け身の準備をしておくんだ」

「受け身!?」

まあ、クロスの身体能力なら大丈夫だろう。

問題は人間である俺とノエリーだが……ノエリーはまだ若いし、現役の騎士ということを考慮したら、危険なのは俺一人か。ただ、それもクウタのフォローがあれば問題ないはず。

「やってくれ、アイン」

「ボッ！」

俺からの合図を受けて、アインはその大きな拳を振り上げる。そして、地面に真っすぐに叩き込んだ。

直後——地面が割れる。

やはり……思った通りだ。

この足元は空洞だった。

恐らく、これがこのダンジョンに仕掛けられた隠し通路だろう。この穴も、しばらくすれば魔力の効果で元通りになるはずだ。

「クウタ！」

「はい！」

落下していく俺とノエリーを、本来の不死鳥《フェニックス》の大きさになったクウタが見事に背中で受け止める。

シロンはアインの肩に乗っかり、クロスも遅れてあとに続いた。

それにしても……かなり深いな。

なかなか底につかないぞ。

不安に感じていると——やがて何かが見えてくる。

発光石らしき輝きが徐々に近づいてきたと思った次の瞬間、「バシャーン！」という音を立てて水柱が立つ。

「うわっ!?」

急な出来事に驚いたクウタは、見事に水を回避。

下を覗《のぞ》き込んでみると、そこにあったのはかなり大きな地底湖だった。

「ボッ！」

「やれやれ……まさか地底湖があったなんて予想外だぜ」

「おかげでアインへのダメージはかなり抑えられたがな」

真っ逆さまに地底湖へ落ちたアインだが、まったくダメージはないようだ。

地底湖はそれほど深くもなかったようで、沈んだアインは湖底を歩いてゆっくりと浅瀬へと移動。

シロンとクロスはそれぞれ自力で岸までたどり着いていた。

「まさか……足元にこんな広い空間が存在していたなんて……」

「当時は気がつかなかったな」

さあ、ここから捜索本番だぞ。

なんとしてもエリザベッタを探し出さなくっちゃな。

ただ、ここからは本当に未知の領域となる。周辺に何があるのかも分からないのでこれまで以上に慎重な行動が求められるのだ。

まずはシロンの嗅覚で安全を確認する。

「主よ、近くに魔獣の気配はないぞ」

「そうか……しかし、静かすぎて逆に不気味だ」

てっきり、ここから魔獣の攻勢は激しさを増すと思っていた。こういった、ダンジョンの隠しルートって類《たぐい》はその傾向が強いからな。

しかし、そんな俺の不安を嘲笑《あざわら》うように、地底湖周辺には何の気配もない。

エリザベッタが近くにいるとは思っていなかったが、魔獣さえいないというのはちょっと違和感を覚える。

「とりあえず、少し辺りを探索してみようか」

「そうですね」

パートナー魔獣たちに囲まれる形で、俺とノエリーは地底湖から離れてさらに奥へ進んでいった――が、どれだけ歩いても魔獣どころかネズミ一匹いない。静寂《せいじゃく》に包まれたダンジョンは、妙な気配を漂《ただよ》わせていた。

さらに奥へと歩いていくと、またも視線の先に光が見える。

だが、今回は発光石の光とは少し異なるように映った。

「師匠……あの光は……？」

「行って確かめるしかないな」

どうせ一本道なのだから、進むか引き返すかの二択だ。

まだエリザベッタの消息に関して何も手がかりがない状況……だとすれば、俺たちにはそもそも前進以外の選択肢はない。

ここまで魔獣と遭遇していないとはいえ、俺たちは慎重に光のもとを目指す。

そして、たどり着いたそこは――

「っ！　そ、外!?」

何と俺たちはダンジョンの外へと出てしまっていた。

しかし、入口とはまったく違う雰囲気の場所で、目の前には大きな川が流れていた。

振り返ると、そこには高い岩壁が。どうやら断崖絶壁《だんがいぜっぺき》になっているようだ。

「随分と高いところから落ちたようですね……」

「みたいだな」

「それより、これからどうするんすか？」

ノエリーとダンジョンの出口を眺めながら話していると、クロスからそんなツッコミが入る。

そうだ。

新しいルートを開拓できたのはよかったが、ここに来るまでエリザベッタと会わなかったということは、ダンジョン内に彼女はいないかもしれないということだ。

彼女もここにたどり着いて、そのままここを離れたという可能性もあるだろう。

……いや、そうと決めつけるにはまだ早いか。

仮にダンジョンを出たのなら、ダーベスに一度戻るはずだが、彼女は戻っていないのだ。

それならどこにいるのか……もしかしたら、ダンジョン内にまた別の隠し道があって、その先にいるのかもしれない。

とにかく、ここがダンジョンの終着点であるのには違いない。

「冒険者たちを苦しめていたのは、私たちが倒した姿の見えないサソリ型魔獣なのでしょうか」

「それはないと思うぞ。確かに厄介な敵だったが……多くの冒険者が苦戦するほどの相手ではない」

あいつはホントに初見殺しというか……経験の浅い若手冒険者ならば奇襲を受けてやられることも想定できる。けど、エリザベッタはそのようなミスをしないだろう。

俺たちは何かを見落としている。

恐らくだが、あのダンジョンにはもっと強い魔獣が潜んでいる。

謎を解く鍵《かぎ》は……やはりあの地底湖周辺にあると考えられた。

「戻ろう。あの地底湖を徹底的に調べるんだ」

「疑うのであれば、やはり怪しいのはあの地底湖ですね」

「僕もそう思います」

「やっぱそうっすよねぇ」

シロンもクウタもクロスも、あの地底湖が怪しいと睨《にら》んでいるようだ。

ともかく、俺たちはもう一度ダンジョンへと入り、地底湖へと向かおうと来た道を戻ろうとした――が、このダンジョンは想像以上に厄介な事態に陥っていた。

「あれ？」

まず異変に気づいたのはノエリーだった。

「どうした？」

「いえ、その……こんなに距離がありましたっけ？」

「言われてみれば、ちょっと時間がかかりすぎているな」

地底湖を目指していた俺たちだが、どれだけ歩いてもたどり着けない。それどころか、とんでもない事態が襲ってきた。

「えっ⁉　ど、どうなっているんですか⁉」

「し、信じられねぇ……」

「一体何がどうなっているんだ？」

「ふ、不思議ですねぇ……」

「ボッ……」

困惑するノエリーに、パートナー魔獣たち。

俺たちがたどり着いたのは、なんと最初に入ってきたダンジョンの入口だった。

つまり、真っすぐ進んだはずなのになぜか地底湖にはたどり着かず、スタート地点に戻ってきてしまったのだ。そもそも、足元を破壊して落下してきたにもかかわらず、それを無視して元の位置に戻っているのがおかしい。

「どうなっているんだ……」

こんな奇妙なダンジョンは、これまでに経験がないし話を聞いたこともない。まったくもって新《あら》手《て》のトラップが仕掛けられたダンジョンだった。

……というか、冒険者時代にここを訪れた時には、こんな面倒なトラップなんてなかったはずだ。出現する魔獣の種類に変化が生じるというのは稀《まれ》にあるが、ダンジョンの構造自体がここまで変化するというのは初体験だ。

ただただ困惑するしかない。

しかし、このまま引き下がるわけにもいかなかったし、そう思っているのは俺だけじゃなかった。

「師匠！　もう一度ダンジョンに挑戦しましょう！」

「このままじゃ終われませんよ！」

ノエリーや魔獣たちも、この謎多きダンジョンの解明に挑む気満々。

本当に頼もしい仲間だよ。

「そうだな。謎を残したまま帰るわけにはいかないもんな」

それに……エリザベッタの安否もまだ確認し終えていない。

彼女も俺と同様、このダンジョンが昔と違うことに戸惑っただろう。

迷った末に俺たちが見つからなかった隠し通路にでも入って、ダンジョンの中のどこかに閉じ込められているかもしれないのだ。

意を決し、俺たちは再度ダンジョン内へ入る。

すると、再び異変が。

「っ！　最初に入った時とルートが違う……」

まるで初めて入ったダンジョンではないかと錯覚するくらい、中身が変わっていた。

ランダムでルートが変わるダンジョンってわけか……これはかなり高難度だぞ。

――だが、ひとつ突破の糸口を思いつく。

これほどの複雑なトラップを永久的に発動させるには、強い力が働いているはずなのだ。

つまり、どこかに魔力の供給元である魔法陣のようなものが存在している。

それを破壊できれば……元のダンジョンの姿に戻るはず。

あと気がかりなのは、強大な魔獣の存在。

恐らく、あのサソリ型魔獣が本命ではない。このトラップによって覆《おお》われたダンジョン内にまだ潜んでいるはずだ。

ダンジョンの外はすでに夕暮れとなっている。ここから再びダンジョンに入るのは、体力的にも危険だろう。

「今日のところはここでキャンプだ。明日改めて再挑戦しよう」

みんなにそう呼びかけてから、俺たちはダンジョンの入口近くでテントの設営に移る。

丸一日を費やして、少しずつではあるが全景が見えてきたな。

明日こそ必ずこのダンジョンの謎を解いてみせるぞ。

第四章　攻略不可能ダンジョン？

ダンジョン入口近くで迎える朝。

冒険者時代はむしろこっちの方が日常と言えるくらい慣れ親しんだ状況だったから、懐かしい気持ちにさせてくれる。

……だが、思い出に浸れるほど事態は穏やかではない。

入るたびにルートが変わるという、以前にはなかったトラップが厄介で、もはやマップがまったく意味をなさなくなっているのだ。

今日も昨日とは全く違う様子だ。

「……昨日の道のりは頭から外した方がよさそうだな」

「ですね。そうなると、エリザベッタさんも今の私たちと同じ状況でしょうか？」

「その可能性もあるな」

俺たちは偶然外へ出られたが、エリザベッタは未だにさまよい続けている可能性がある。

おまけに俺たちは、多くの冒険者たちを苦しめてきた凶悪魔獣とまだ遭遇していないはずで、その対策も練られていない。

エリザベッタの捜索と凶悪魔獣討伐。

このふたつはなんとか実現したいところではあるが……いずれにせよ、このおかしなトラップを生み出している原因を究明しない限り、自由に動くことは叶《かな》わないだろう。

エリザベッタの安否は気になるが、それを確認するためにもまずはトラップを発動しているであろう原因の探索だ。

探すのにキーとなるのは——シロンだ。

「頼むぞ、シロン」

「任せてくれ」

心なしか、シロンはドヤ顔をしているように映る。

それも仕方がないか。

トラップの原因を探す唯一の手段……それはシロンの嗅覚に頼るしかないのだから。

シロンは鼻先をピクピクと動かしながら、ダンジョンを進んでいく。彼女の嗅覚は魔力を嗅ぎわけることができるため、こういうのにはうってつけの人材——いや、狼材《おおかみざい》？と言える。

「どうだ、シロン」

「さすがにこれほど大掛かりなトラップを仕掛けるとなると、かなりの魔力を消費する……おかげで、ハッキリと臭いを追えるよ」

「それは頼もしいな」

これでトラップの発生源の場所を特定するのは時間の問題だろう。

ただ、ここまでは昨日の段階でもたどり着けた情報だ。

肝心なのはその先。

見つけた後の対処だ。

仕掛けたヤツが何を意図してこんな真似をしたのか……動機については皆目《かいもく》見当もつかないが、ひとつ言えるのは、これだけの大仕掛けだから簡単に解除できるわけがない。

もっと言えば、それが破壊されないよう第二、第三のトラップが仕掛けられていてもおかしくはないということだ。

当然、他のみんなにも俺の考えを共有しておく。

もちろん、何もなくあっさりと破壊できる可能性もなくはないが、それは限りなくゼロに近いだろう。

周辺に注意しながら進むと、シロンの足が止まった――が、そこには何もない。ただ岩の壁があるだけだ。

「この先だ」

「えっ、で、でも、先に進める道がないわよ？」

ゴツゴツとした岩の壁に手を当てながら、ノエリーはシロンへと聞き返す。

しかし、シロンはその場から動こうとしない。

「間違いないんだな、シロン」

「ああ」

「よし——ノエリー」

「分かっていますよ、師匠」

ここへきてノエリーもシロンの狙いを理解したようだ。昨日似たようなことがあったばかりなので察したのだろう。

「アイン！　あの壁を破壊しなさい！」

「ボッ！」

ノエリーはそう指示を出し、アインも全力の鋼鉄パンチで壁を殴打《おうだ》。

その結果、壁はガラガラと音を立て崩れ——新たな道が生まれた。

隠し通路の先には狙い通り、トラップの発生源である魔法陣が存在していた。

「どうやらこいつがダンジョンをめちゃくちゃにした元凶のようだな」

紫色の光を放つ魔法陣は今も元気に作動中。

これのせいで俺たちはずっと迷子状態だったんだよな。

「旦那！　さっさと破壊しちまおうぜ！」

「そうだな。こいつを破壊すれば元のダンジョンへ戻るはずだし」

「分かりました。——でも、どうやって？」

首を傾げながらノエリーが言う。

彼女の本職は騎士なので、この手の話題には疎《うと》いようだ。

「普通にかき消せばいいんだけど……その前に」

俺は近くに落ちていた石ころを拾い上げると、それを魔法陣のある方向へと放り投げた。

すると閃光《せんこう》の後、「バチッ！」という音を立てて石が砕け散る。人間が触れたら、一瞬にして灰となってしまうだろう。

「やはり、魔法陣へ近寄らせないために結界魔法が仕掛けられているな」

「これだけでも厄介なのにさらに結界魔法なんて……最悪ですね」

この手の結界魔法の厄介なところは、物理攻撃を無効化するという点。つまり、さっきこの隠し通路を発見するのに貢献《こうけん》してくれたアインの拳では打ち破れない。

「ど、どうしましょうか……」

「心配はいらないさ、ノエリー。そのために、魔獣たちがいるんだからな」

結界魔法を突破する方法はひとつだ。

防ぎきれないほど強力な攻撃を浴びせればいい。シンプルで分かりやすい手段だな。

そしてそれを可能とするパートナー魔獣が、うちにはいるんだ。

「クウタ。出番だぞ」

「待ちくたびれましたよ！」

神獣・不死鳥《フェニックス》であるクウタの力ならば、この程度の結界魔法は簡単に打ち破れるはず。

俺との修業でシロンやクロスも魔法を使えるようになったが、さすがに神獣レベルには達していない。なので、ここはクウタに任せるとしよう。

「ありったけの力でこいつを焼き尽くしてくれ」

「お安い御用です。危ないですから、少し離れていてください」

ようやく本領《ほんりょう》発揮できると、クウタは気合十分なようだ。

クウタの指示に従う形で、俺たちは後退。

こちらが安全圏《あんぜんけん》まで下がったのを確認してから、クウタは思いっきり翼を広げた。

クウタの全身が炎に包まれ、羽ばたくことによりその炎は渦《うず》となって、結界魔法へと向かっていく。

強大な魔力同士のぶつかり合い。

激しい音を立てつつも、徐々に結界は破壊されていく。

「はああああああああああああああああ!!」

気合十分のクウタは、一気に決着をつけようとさらに炎を強めた。

やがて結界すべてが真っ赤な炎に包まれると、「バリン!」と鏡が粉々に砕け散るような音が響く。

「やったか!?」

思わず声を出した。

攻撃しているクウタも手応えを感じたらしく、炎は少しずつ小さくなっていき——炎が消えた頃には、結界も跡形もなく消えていた。

「凄い!」

「さすがはクウタ先輩っす!」

「お見事だな」

ノエリーたちからも感心する声が飛び出し、クウタは照れっぱなし。

俺としても存分に褒めてやりたいが……今は魔法陣の破壊が先決だ。

「アイン、もう一度頼む」

「ボッ！」

アインは先ほどのクウタの凄まじい炎に触発されたのか、荒々しく地面に強固な鉄拳を打ち込んだ。

直後、地面もろとも粉々となった魔法陣。

これで、このダンジョンは正常に戻ったはず。

あとはエリザベッタを探すだけだが……その前に、数多の冒険者たちを苦しめた魔獣と遭遇するかもしれない。

そっちの対策も考えなくちゃな。

俺たちは隠し通路からもとのルートへと戻り、改めて周囲を探索してみる。

すると、さっきまでとはまるで違う道順になっていた……なんとなく見覚えがあるし、これが本来のダンジョンの姿なのだろう。

「旦那！　こっちの方から魔力を感じるっす！」

最初に声をあげたのはクロスだった。

リザードマンのクロスには魔力があるものの、それを自在に使いこなすことはできない――が、そこは俺との修業を重ねて克服《こくふく》。まだまだ基礎魔法くらいだが、しっかりと魔法を使うことができる。

そのクロスが、エリザベッタのものと思われる魔力の存在に気づいたようだ。

「よし、行ってみるか」

クロスの先導で、俺たちはダンジョン内を進んでいく。

しばらく歩いていると、ダンジョン内を流れる川を発見した。恐らく、これは昨日発見した地底湖へ続いているのだろう。

「この川は初めて見るな」

「そうですね。――っ！　師匠！　あそこ！」

何かを発見したノエリーが叫ぶ。

彼女の指さす先には――テントがあった。

さらに、テントの前には誰かが立っているようだが……その人物こそ、俺たちが探し続けていた女性テイマーであった。

「エリザベッタ！」

「えっ!?　バ、バーッ!?　こんなところで何をしているの!?」

駆け寄ると、エリザベッタも不思議そうに俺たちへ問いかけてきた。まあ、向こうからしてみたらその反応も頷けるか。

ともかく、俺はテイマー指導者の件を一旦《いったん》後回しにして、ダーベスのソイロ町長が心配していると告げる。

「そ、そんなに心配していたの？　……言われてみれば、当初はここまで長期的な滞在になるなんて思ってもみなかったわね」

冷静に振り返るエリザベッタ。

……かなり心配していたのだが、それは杞憂だったようだ。とにかく、怪我もないようなのでホッとひと安心だな。

「あなたたち……わざわざそれを伝えるためにこんな場所まで？」

「それもあるんだけど、本命は別だよ」

「別？　私に何か用があったってこと？」

「その通りだ。実は――」

テイマーの講師として力を貸してほしい。

そう言おうとした途端、突然激しい横揺れが襲ってきた。

「っ！　ついに出たわね！」

「で、出たって何が!?」

「悪いけど、ゆっくり話をしている暇はないわ。――ここまで来たのなら、あなたたちも手伝ってちょうだい！」

エリザベッタは俺とノエリーのパートナー魔獣にそう言うと、「さあ、行くわよ！」と剣を手にとり構えた。

一体何が迫ってきているのか……まったく分からず、対処しようがない。そこで、俺が代表してエリザベッタに尋ねる。

「状況にまったくついていけないぞ！　一体何が来るっていうんだ⁉」

「このダンジョンをダメにした元凶よ！」

「っ！　そ、それって……」

多くの冒険者を退けた凶悪魔獣が近づいてきているのか⁉

エリザベッタと再会できただけでなく、冒険者たちがいなくなった原因である正体不明の危険な魔獣とも遭遇できるなんてな。

この機を逃さず確実に仕留めようと気合を入れる俺たちの前に、とうとうそいつは姿を見せた。

「こ、こいつが……」

ダンジョンの奥から姿を現したのは、巨大な土色をした蛙《かえる》型の魔獣だった。

「うわぁ……気持ち悪い」

シンプルに嫌悪感《けんおかん》を示しているノエリーの横では、うちの魔獣たちが何やら騒いでいる。

「食いではありそうだが、味の方は期待できそうにねぇな」

「こんな時まで食い意地が張っているとは恐れ入るな」

「なんだぁ？　そりゃ褒めてんのかよ、シロン」

「クロスもシロンも油断しすぎだよ。相手を見た目だけで判断しない方がいい」

相変わらず、緊張感ってものとはほど遠いやりとりをする三体。

一方でエリザベッタは、平静を装いつつも興奮しているというのが遠目からでもハッキリと分かった。

「ようやく会えたわね……」

「お、おい、エリザベッタ、本当にあいつがこのダンジョンの……」

「大ボスよ。見た目はそれほど強そうじゃないけど、絶対に油断しないで」

「わ、分かった」

「じゃあ、先に仕掛けるわね！」

「あっ！　ちょ、ちょっと！」

昔と変わらない血気盛んっぷりだな。

……昔といえば、彼女はテイマーだったはずなのに、なぜかパートナー魔獣の姿は見えない。

一応武器として剣を持っているから、それで戦うのだろう。その腕前は昔も一級品だったが……

それでも、生身であの巨大魔獣を相手にできるとは思えなかった。

「シロン！　クロス！　クウタ！　全員であの蛙型魔獣に挑むぞ！」

「おう！」

「任せてくれ！」

「分かったよ！」

「アイン！　私たちも援護するわよ！」

「ボボボボッ!!」

エリザベッタは単独で突っ込んでいったが、俺たちは戦力を総動員して、巨大蛙型魔獣へ挑んでいく。

エリザベッタの言う通り、見た目はとても多くの冒険者を返り討ちにした魔獣とは思えない。むしろ、昨日の姿が見えないサソリ型魔獣の方がずっと厄介そうに見える。

――だが、ヤツに苦戦する理由はすぐに分かった。

「ゲコッ！」

魔獣は俺たちに敵意があると分かると、長い舌を振り回して近づけさせないようにする。

それだけなら回避するだけでいいから、そこまで脅威ではないのだが――問題は辺りに飛び散った魔獣の体液にあった。

地面に着いた瞬間、「ジュッ！」という音を立て、さらに煙《けむり》まであがっている。

あの体液に触れると、生物でも呆気《あっけ》なく蒸発してしまいそうだ。全身がテカテカしているのは、この体液が全身を覆っているからだろう。

おまけに、蛙だけあって非常に強力なジャンプ力を持っている。

接近しようにも、距離を詰めたらすぐに逃げられてしまうのだ。

なんとか倒そうと追いかけ回すが追いつかず、囲んで仕留めようとしても猛毒の体液が邪魔をして連携《れんけい》が取りづらい。それに加えて向こうは、長い舌を使うことで遠距離からも攻撃が可能ときている。

ならばクウタの炎で灰にしてやろうとも考え、攻撃してもらったのだが……なんとあの蛙はよりにもよって炎耐性があるらしく、神獣であるクウタの攻撃でさえ効かなかった。

逃げ回るスピード。

接近を許さない猛毒の雨と長い舌。

そしていやらしいくらいの耐久力。

「くそっ！」

倒せそうで倒せない。

そんな苛立《いらだ》ちが募っていった。

……認識を改めよう。

こいつはあのサソリ型魔獣の百倍は厄介な敵だ。

「し、師匠、どうしましょう」

「思ったよりもずっと手強《てごわ》いわね……」

心底悔しそうに呟くエリザベッタ。

俺も彼女に同意なのだが……いくらなんでもおかしくないか？

そんな違和感を抱いたのは、クウタの炎がまったく効かなかったという信じがたい事実がきっかけだった。

相手が自然界で生まれ育った魔獣だとしたら、さすがに神獣クラスの攻撃を無効化できるだけの耐性があるとは思えない。

つまり——ヤツも昨日のサソリや交易路に居着いていたあの狼型魔獣のように、人の手によって生み出された魔獣なのではないか。

だとすると、策を練り直す必要がある。

ここまでの戦闘から、ノエリーもそれを感じ取っていたようだ。

「ここは一旦退いて態勢を立て直しますか？」

「そう——」

「ダメよ！　ここで逃がしたら、次いつ遭遇できるか分からないわ！」

ノエリーからの提案に賛成しようとした瞬間、エリザベッタがかなり焦《あせ》った様子でそれを拒絶する。どうやら、彼女はあの魔獣を探すのに苦労していたようだ。

気持ちは分からないでもないが、長期戦は避けたいという気持ちもある。

だがソイロ町長との約束もあるし、早いところこいつを片づけて、町に冒険者たちを呼び、以前のような活気溢れる町にしたい、とも思っている。そのためには――

その想いから、俺は決断を下す。

「続行だ」

「し、師匠!?」

戦闘を切りあげるだろうと読んでいたのか、ノエリーの声が裏返る。

「ここでヤツを仕留めるぞ、ノエリー」

「わ、分かりました！」

こうなると俺が引かないことを理解しているノエリーは、すぐに気持ちを切り替えたようだ。これもまたいいテイマーには必要な資質だ。

「あなたならそういう判断を下してくれると思っていたわ」

「緊急措置《そち》だよ。普段ならノエリーの案に賛成して一度引き上げている」

「あら、そうなの？　昔に比べて随分と慎重になったのね」

「成長したってことさ」

……この軽いやりとりも久しぶりだな。

彼女とは短い間しか一緒に仕事をしていないし、こうして直接会うのだってもう何年ぶりかってレベルなんだけど、不思議と息が合うのだ。

「とにかくヤツの動きを封じる必要があるな」

「それができたら苦労していないわよ」

呼吸を整えるように大きく息を吐き出した後でエリザベッタは言う。

あの蛙は、恐るべき跳躍力《ちょうやくりょく》にプラスして、壁にペタッと張りつくなど、スピーディーでありながら変則的な動きも織《お》り交ぜてくる。おまけに周囲へまき散らす毒液にも気を遣わないといけないので、捉えるのは至難の業《わざ》だ。

動きを封じようにもそもそも攻撃が当たらない。

問題はそこだろうな。

たぶん、他の冒険者たちもまずそこに行きついて、いろいろと試行錯誤《しこうさくご》をしたうえで、どうにもならないと判断して引き返したのだろう。

俺たちは同じ轍《てつ》を踏むわけにはいかない——が、このままでは、確実にこちらが不利となっていく。

手をこまねいている間にもどんどん体力は消耗《しょうもう》していくからな。

「こうなったら徹底抗戦です！　――アイン！」

「ボッ！」

痺れを切らしたノエリーがアインにそう指示を出すが、それはあまりにも分の悪い賭《か》けだった。

ヤツは普通の魔獣ではない。これまでやってきた攻撃ですべてを出し切っているとも言えなかった。まだ特攻をかけるほど俺たちは追い詰められてはいないのだ。

すぐにノエリーを止めようとした、その時――

「やめなさい！」

エリザベッタの叫びがダンジョン内に響く。

「相手はまだ手の内をすべてさらけ出したとは限らないのよ！　それなのに魔獣を動かしてもしものことがあったらどうするの！」

「っ!?」

ノエリーはハッとなってアインを止める。

……さすがはエリザベッタだな。

彼女のパートナー魔獣にかける愛情は、今も昔も変わっていない。

だからこそ、なぜ今彼女が魔獣をつれていないのかが気になる。それに、単独でダンジョンなんて……仲間はどうしたんだ？

諸々の疑問は未解決のままだが、それはこの蛙型魔獣を討伐してからゆっくりと聞き出すことにしよう。

しかし、その討伐をどうやって実現させたものか。

非常に厄介な特性を持つこの蛙型魔獣に、弱点はあるのだろうか。

「……うん？」

天井に張りついて俺たちを見下ろす厄介な巨大蛙に視線を移した時、俺はあることに気づいた。

戦いにくい蛙型魔獣を倒す方法——その決定的な手段となり得るかは不明だが、限りなくそれに近いヒントであると思う。

それは、ヤツの体に隠されていた。

「あの模様……ひょっとして魔法文字か？」

魔法文字とは、魔力を込めた特殊な文字を刻むことで、対象物に特異な効果を持たせることが可能となる魔法技術である。

さっきまでは動き回るヤツを目で追うのに精いっぱいで気づかなかったが、天井に張りついてジッとしている姿を眺めているうちに気づけたのだ。

「ま、魔法文字って……でも、確かにどこかで見たことがあるような模様ね」

「で、ですが、魔法文字は数ある魔法の中でもレベルの高い高等魔法に分類される代物《しろもの》……そこら辺の魔法使いが扱えるものでは……」

「『そこら辺の魔法使い』に収まらないヤツが、あの蛙を生み出したんだろうな」

そして、あくまでもこれは俺の推測だが、交易路にいたあの狼型の魔獣も同じヤツが生み出したのだろう。狼型魔獣の場合はあの文字を毛で隠していたのだろうが、蛙型ではそれが叶わなかったみたいだな。

昨日のサソリも、魔法文字は見えなかったが同じダンジョン内のことだし、同様だろう。

問題は、なぜそのような魔獣を生み出す必要があったか、だ。

魔獣と呼ばれる生物は、基本的に人間にとって害となるケースが多い。こいつらを討伐するために騎士団があるようなものだからな。

それをわざわざ生み出す理由——間違いなく、戦力として見ているのだろう。

どこの誰と戦うための力なのかという点が非常に重要となってくるのだが……もしかしたら、セラノスの国家転覆《てんぷく》を企んでいるのかもしれない。

疑いのある魔獣が出現したのは、交易路とダンジョン。

いずれも国家の経済に影響を及ぼす場所だ。

……とりあえず、真犯人探しは後にしておいて、まずはあの蛙型魔獣を討伐しなくちゃな。

相手が魔法文字で動くとするなら——

「この近くに、ダンジョンのトラップを発動させたものとは別の、あの魔獣への魔力供給のための魔法陣があるはずだ。そいつさえ破壊できれば、ヤツはただのデカい蛙に成り下がる」

「ならば我の出番だな」

「頼んだぞ。ノエリーもアインを連れて同行してくれ。さっきみたいに岩の壁で守られている可能性もある」

「は、はい！」

トラップの魔法陣も発見したシロンの嗅覚ならば、もうひとつの隠し部屋もきっと見つけられるだろう。

ノエリー、シロン、クロス、アインのメンバーで魔法陣を探し、残った俺とエリザベッタ、そしてクウタで時間稼ぎをする。

——と、そろそろアレについて確認しておかないと。

「エリザベッタ、君のパートナー魔獣はどうした？」

「そ、それは……」

口ごもるエリザベッタ。

やはり、彼女も俺みたいにいろいろとあったようだな。旦那が率いている冒険者パーティーのメンバーが誰も同行していないということともかかわりがあるっぽい。

その辺のプライベートな事情までほじくり返すつもりはないのだが、さっきの反応を見る限り、やはり今の彼女にパートナー魔獣はいないようだ。

それは俺のように契約を解除したのか、あるいは戦いの中で失ってしまったのか……ただ本人が言いたくない様子なので、やはり無理に聞くわけにはいかない。

いずれにせよ、援軍は望めそうにない、か……

それでもやるしかないな。

とはいえ、あまり長い時間は無理そうだ。

何せ、ヤツには神獣であるクウタの攻撃さえ効かない。

そんな防御力を持った相手にしてみれば、俺やエリザベッタ――つまり生身の人間の攻撃など、痛くもかゆくもないだろう。

だから、致命傷を与えることにこだわらず、とにかく「動きを封じる」を念頭に置いて行動しようとしたのだが……ここで意外な展開になった。

「バーツさん……ここは僕に任せてくれませんか？」

「えっ？」

「必ずあの魔獣を倒してみせます」

クウタの闘志《とうし》に火がついていた。

かつてのクウタは他のパートナー魔獣に比べて大人しく、戦闘を好まないタイプだった。諜報活動に適した能力ということもあるのだろうが、彼の場合は性格面の影響が大きかった。

にもかかわらず、今は自ら戦うことを志願している。

きっと、さっきの攻撃を防がれたのがよほど悔しかったのだろう。

神獣としてのプライドか、このままやられっぱなしでは終われないという強い気持ちが口調に込められていた。

「よし……行ってこい、クウタ」

「はい！」

俺はクウタの闘志に賭けてみる。

「次は……一切遠慮《えんりょ》せず本気で挑みます」

そう告げると、クウタは大きく翼を広げた。その翼はすべて燃え盛る真っ赤な炎。さすがは不死鳥《フェニックス》なだけはある。

ここまでならさっきまでと同じ状況――だが、クウタの本気はここからが凄かった。

ゴォッ！

そんな音を立てて、クウタの全身を覆う炎がさらに勢いを増した。

「す、凄いわね……」

クウタの本気を前に、エリザベッタは茫然と立ち尽くすが、それは俺も同じだった。

なんて頼もしい姿なのだろう。

俺が一時的にテイマーを廃業していた間、クウタは再び俺のパートナー魔獣になろうと自主的に鍛錬を続け、ついに神獣という領域にたどり着いた。

まさかこれほど変わるなんて予想外すぎる。

もともと戦闘向きの魔獣じゃなかったから、神獣に進化するのはとてつもない努力が必要だったろうな。それでも諦めずに挑戦し続けてきたのだ。

期待の眼差しを向ける中、クウタは全身を包む真っ赤な炎を、天井に張りつく蛙型魔獣へ向けて放つ。

先ほどよりも格段に威力がありそうだが、当然、蛙型魔獣はそのまま黙って攻撃を受けるはずがない。たとえ耐性があったとしてもわざわざ当たろうとは思わないだろう。

蛙型魔獣は天井から離れ、地上へと移動。

クウタが放つ渾身《こんしん》の炎はかわされてしまった。

しかし、実はそれこそがクウタの仕掛けた罠《わな》だったのだ。

「かかりましたね」

策が見事にハマり、クウタはニヤッと笑みを浮かべる。

彼の放った炎は魔獣の動きに合わせて軌道を曲げ、地上へと逃げた相手に直撃する。

「「おお！」」

俺とエリザベッタの声がピッタリと重なった。

あんな器用な攻撃までしてのけるとは、さすがは神獣だ。

——けど、問題はここから。

さっきも攻撃を当てることはできたが、結局効果なしに終わったのだ。

今回も直撃だけで終わるなら結果は変わらない。

そんな俺の不安は……的中した。

クウタの炎は蛙型魔獣に直撃したものの、ヤツにダメージが入った様子がない。

「ダメ！　さっきと同じだわ！」

エリザベッタが叫んだ通り、蛙型魔獣のダメージはどう見ても軽微であった。今回もまた失敗かと落胆《らくたん》していたら、クウタの口から思わぬ言葉が飛び出す。

「本番はここからですよ！」

クウタはまだ諦めていなかった。

「いっけぇ！」

凄まじい炎に包まれたクウタは、そのまま蛙型魔獣に猛スピードで突進していく。

その姿はまるで巨大な炎の槍《やり》。

勢いを保ったまま、クウタは敵の腹を貫いた。

体にぽっかりと穴が開いたダメージに加え、先ほどとは比べ物にならない威力の炎をまともにくらった蛙型魔獣は大炎上。のたうち回った挙句にピクリとも動かなくなってしまった。

「「やった！」」

俺とエリザベッタは思わず拳を握って叫ぶ。

クウタの炎はヤツの常軌を逸《いっ》した耐性を超越し、黒焦《くろこ》げにしてしまった。

「蛙の丸焼き……というには、少し焼きすぎましたね」

ゆっくりと舞い降りるクウタは勝利の余韻《よいん》に浸っているようだ。

ともかく、これであの蛙型魔獣の脅威は去った。

すぐに魔法陣を捜索しに行ったノエリーたちと合流しようとして——

「うん？」

エリザベッタが何かに気づいて振り返る。

「どうかしたのか？」

「い、いえ……今、あの蛙型魔獣が動いたような」

「えっ？」

動いた？

それはあり得ないだろう。あんな黒焦げの状態で生きているとは到底思えない。エリザベッタの見間違いではないかと思った――次の瞬間、蛙型魔獣の亡骸《なきがら》が左右に大きく揺れ出した。

「なっ⁉」

そんなバカな⁉

あれでまだ生きているというのか⁉

――厳密に言えば、ヤツは死にかけていた。死にかけていたのだが……突然動き出し、体が閃光に包まれたのだ。

あまりの眩しさに目をそらしていたが、光が弱まったのを確認して再び魔獣の方へと視線を向けると――信じがたい光景が広がっていた。

なんと、蛙型魔獣は何事もなかったかのように復活していたのだ。

「ど、どういうこと⁉」

「ぼ、僕の攻撃が効かなかったんでしょうか……」

「いや、それは違う……ヤツは確実にクウタの炎に焼かれて瀕死《ひんし》の重傷を負っていた。放っておけばそのうち死んでいただろう」

だが、魔獣は元気に動き回っている。

……とんでもない回復力だ。

いや、回復なんて生易《なまやさ》しい話じゃない。あれはもう蘇生《そせい》と呼んでいいレベルだ。

あの傷から蘇ってくるとなったら、もう倒す術《すべ》は残されていない。完全にお手上げ状態だ。

「やはりヤツを倒す方法は……魔法陣の破壊しかないのか」

神獣の本気の攻撃でさえ殺すことが叶わないとするなら、もうその元凶を断つ以外に方法はない。

ノエリーたちがそれを達成してくれるまで、俺たちはこの蛙型魔獣をなんとかしなくては。

改めて気合を入れ直し、魔獣と対峙するが――

「っ！」

魔獣の方は何かに気づいたらしく、突然俺たちを置いて逃げ出した。

「ど、どうしたのかしら……」

「分からん。――まさか！」

ふと脳裏に浮かんだのはノエリーたちのこと。

ひょっとして、魔法陣が見つけられたことを察知して、破壊されるのを阻止《そし》しに行ったのではないか。

「追うぞ！」

「それなら僕の背に乗ってください！」

ノエリーたちが危害を加えられないよう、俺たちはクウタの背中に乗って魔獣のあとを追った。

ヤツを逃がすわけにはいかないので、俺たちはひたすらに追いかける。

「っ！　ノエリー！」

そしてすぐに、視線の先にノエリーの姿を発見。

進行方向から察するに、やはり蛙型魔獣はノエリーたちの動きを阻止するために行動しているようだ。

これもまた、通常種の魔獣には見られない動きと言える。

恐らく、あの魔獣は魔法陣を守るように命じられているのだろう。

……本当に魔法陣だけだろうか。

唐突に、そんな予感が脳裏をよぎる。

「師匠！　この先に魔法陣があるみたいです！」

考える間もなく、ノエリーの叫び声が耳に届く。やはり、彼女たちは魔法陣のある場所を特定し、そこへ近づいているところだったのだ。

ならば——邪魔はさせない！

「クウタ！　魔獣の進行を阻止するんだ！」

「はい！」

俺の命を受けたクウタは、口から無数の火球を飛ばす。

空から蛙型魔獣に降り注ぐその様子は、まるで炎の雨だ。

だが、先ほどの攻撃で力の大半を使い尽くしてしまったためか、いつもと比較したら威力はかなり控えめだった。もしかしたら、ヤツはここまで想定してクウタに全力を出させたのか？

……いや、さすがにそれは考えすぎだろう。

一発二発とクウタの炎攻撃が蛙魔獣の肌を焼いていくが、すぐに再生してしまい、決定的なダメージを与えられずにいた。さっきの全力攻撃の影響が出ているようだな。

しかし、当初の目的である足止めという効果は得られた。

おかげでノエリーたちは壁を破壊し、魔法陣が隠されている部屋へ突入していく。

それに気づいた蛙型魔獣は、全身から毒液をまき散らしながら彼女たちに迫った。

「させるか！」

当然、俺たちはそれを阻止するために動く。毒液を浴びたらひとたまりもない——だからといって、このままただ見ているなどできなかった。

俺はクウタの背中から飛び降り、ヤツの背中に剣を突き立てる。その際、ほんのちょっとだけ毒液が体に付着してしまった。

「ぐああっ!?」

一粒の水滴《すいてき》程度だというのに、これほどの激痛とは……毒液が触れた部分が「ジュウ！」と音を立て、俺の肌を焼いていく。

おまけに麻痺《まひ》効果まであるらしく、なんだか手先が痺れてきた。

そんな俺のもとに、シロンが駆け寄ってきて俺を背に乗せた。

「大丈夫か、主！」

「こ、この程度なら問題ない……それより速度を落とすな。ヤツの的になる。振り落とされないよう死ぬ気でしがみつくから、気にせず全力疾走するんだ」

「心得た！」

俺の指示通り、シロンは速度をあげて蛙型魔獣を翻弄《ほんろう》する。そこへクロスやクウタも加わり、これ以上の進行を防いだ。

この隙に、ノエリーに魔法陣を破壊してもらうしかない。

「まだか……ノエリー……」

相手はどれだけダメージを与えても、魔法陣の力で回復する。消耗するのはこちらだけなので、

いずれ体力が尽き、動きが鈍れば全滅の可能性だってあるのだ。

祈るような気持ちで敵の攻撃を回避していくと、やがて蛙型魔獣の足が止まった。そして、まるで毒物を丸《まる》呑《の》みしたかのように苦しみ始める。

やがて動きが止まり、同時に塵《ちり》となって消滅した。

ひょっとして――

「やってくれたか、ノエリー」

「きっとあの子たちが魔法陣を破壊したのよ！」

すぐ近くにクウタが舞い降り、その背中からエリザベッタがそう告げる。

「ああ……間一髪《かんいっぱつ》だったな」

「何を言ってんすか、旦那。俺はまだまだ余裕で戦えたっすよ！」

「息を切らしながら強がるんじゃない。あと少しでも遅ければ、誰かが犠牲になっていた可能性が高いんだぞ」

「わ、分かってるよ！」

シロンの言う通りだ。

まさか不死の魔獣が潜んでいるなんてなぁ……多くの冒険者たちが苦しめられたのはこれが原因だったようだ。

仮に不死じゃなかったとしても、あの魔獣はかなり戦いづらい相手だった。そこへ来て倒す方法がないとなったら焦るだろうな。今回は俺たちに知識があったからこうして討伐できたが、もしなければ絶望していたはず。

俺は安堵《あんど》のため息を漏らしつつ、最後まで諦めずに頑張ったみんなに「よくやった」と声をかけようとする——まさにその時であった。

「師匠！　大変です！　なんかとんでもないことになりました！」

めちゃくちゃ不穏《ふおん》なことを叫ぶノエリーの声がする。

どうやらこのまますんなりとは終われないらしい。

「もしかしたら」という嫌な予感はあったものの、さすがにこれ以上厄介なことは起きないだろうと高をくくっていたらこれだ。

ノエリーの言う「とんでもないこと」を確認するため、彼女のもとまで移動すると……確かにとんでもないことになっていた。

「こ、こいつは……」

ダンジョンの壁の一部が破壊され、その先には何やら部屋がある。

それも、ただの隠し部屋とかそういうレベルの代物じゃない。

「まるで何かを研究していたような感じだな……」

その部屋へと足を踏み入れた俺は、辺りをじっくりと見回してみる。

そこには机や棚、散らばる数枚の書類などなど、明らかに誰かがここで、しかも長期的に何かをしていた形跡が残されていたのだ。

「どういうことなんでしょうか……」

「こ、こんなのがあるなんて予想外だわ」

あとから入ってきたエリザベッタも困惑している様子。

「こんなものが隠されていたなんて……」

「あの魔獣や厄介なトラップは、ここの存在を隠すためのものだったのね」

かつて、このダンジョンを探索していた経験のある俺とエリザベッタは、やり場のない憤《いきどお》りを感じていた。

冒険者にとってダンジョンとは命をつなぎとめるための大事な場所。同時にさまざまなドラマを生み出すホームでもあるのだ。

そこから冒険者たちを追い出し、こっそりと何かをしていた。

だが、トラップやら魔獣の影響でここを探索する冒険者の数が減ったことで、近くにあるダーベスの町は壊滅的なダメージを負っている。

とても許されることではない。

それに、ここまでくるとダーベスの町だけの問題ではなく、セラノスも経済的なダメージを少なからず負っているはずだ。

これをラングトンに知らせ、そこから国の上層部へ話が通れば、本格的な調査が開始されるだろう。

俺たちはさらにその施設の中をいろいろと調べてみることにした。

そこでひとつ分かったことがある。

「どうやら……割と最近まで人がいたようだな」

散らばっている書類には日付が書かれているものもあり、それを読んでみると新しいもので一週間ほど前だった。さらに、机や棚には埃《ほこり》がたまっておらず、ちょっと前まで実際に使用されていたらしき痕跡《こんせき》もある。

「……エリザベッタは一ヶ月前からダンジョンにいるんだったな」

「えぇ。でも、この施設の様子から察するに……私がダンジョンに入ってきた頃にはまだ人が出入りしていたようね」

「そ、それって……」

「ほんのちょっと前まで——この施設は実際に使われていたんだ」

「ええっ!?」

ノエリーは大声をあげて驚いていた。

落ちていた別の書類に目を通すと、中には蛙や狼のイラストが描かれているのもあって、それらにはメモ書きのようにさまざまな情報が書き込まれていた。

ただし、その文字はぱっと見で判別できないようになっている。

よく目を凝《こ》らせば魔力が込められていて、暗号化の魔法がかけられていた。

今みたいに、誰かが侵入して書類を奪われてしまっても、すぐには解読できないようにしているのだろう。

「随分と計画的な犯行ね」

「おまけに規模がデカい……裏で糸を引いている黒幕は、かなり大きな組織である可能性が高いな」

あるいは国家絡みかもしれない。

「ともかく、こいつを放置しておくわけにはいかないだろう」

「なら、セラノスの魔法兵団に解析を依頼しましょう」

「それしかなさそうだな……とりあえず、持てるだけの書類を持って帰ろう」

あとから俺たちの侵入に気づいたこの施設の関係者が、証《しょう》拠《こ》隠滅《いんめつ》を図るかもしれないからな。

「よし。荷物も詰め終えたし、そろそろ戻ろうか」

「ですね」

「はあ……これでやっと地上へ戻れるわね！」

「ソイロ町長、かなり心配していたからな。きちんと報告に行くんだぞ、エリザベッタ」

「分かっているわよ」

そういえば、彼女にテイマー指導者の件を話さなくちゃな。

ダンジョン内に潜む強敵を倒すことばかりに神経を注いでいたが、そもそも俺たちがここまで来た理由は彼女を勧誘するためだ。

しかし、この町のことが心配であることは変わりない。すぐに冒険者が戻ってくるわけではないし……

すると、俺の不安を察したのか、ノエリーがとある情報を教えてくれた。

というのも、魔法兵団が調査するとなったら、ダンジョンを使用できなくなる。その分、町の運営を助けるために補助金が払われるだろうとのこと。

「事前の申請が必要にはなるんですけどね」

「そうか……ノエリー、先に町に戻って町長に話しておいてもらえるか？」

「構いませんけど……師匠はどうするんですか？」

「彼女に例の話を持ちかける」

「えっ？　――ああっ！」

最初は俺の言った意味が理解できていない様子だったが、すぐにテイマー指導者の話だと気づいて頷くノエリー。

どうやら、彼女も本来の目的を忘れていたらしい。そういうところは師匠である俺に似なくてよかったのにな。


町へ戻っていくノエリーを見送った後、俺は王都での自分の状況や、何のためにここへやってきたのかをエリザベッタに説明した。

一通り話を聞いたエリザベッタは、しみじみと頷く。

「――あなたが王聖六将なんて大層な肩書をもらうなんてね……」

「未だに信じられないよ。ノエリーたちが――いや、昔テイマーとしての心得を教えていた弟子たちが推薦してくれたらしい」

「お弟子さんの話は昔からよくしていたものね。確か、惚《ほ》れた女性を振り向かせるために教えていたんでしょ？　でもただ利用されているだけだった」

「ぐっ……」

思い出したくない過去を……あの頃はとにかく若くて未熟《みじゅく》だったんだよな、身も心も。

「そういえば、あなたって私と一緒にこのダンジョンに来ていた頃は、テイマーを廃業してたわよね。またテイマーになったのね」

「いろいろあってな。しばらく誰かとつるんで行動する気にはなれなかったが……短い間だったけど、君と過ごした日々が俺を変えたのかもしれないな」

「ようは寂《さび》しくなったんでしょ？」

「まあ、そうとも言えるかな」

そんな話をしていると、急にエリザベッタは目を細めた。

「覚えている？　あの酒場」

「……もちろんだ。ダンジョン帰りによく立ち寄ったな」

若い頃の記憶を頭の中から手繰《たぐ》り寄せ、当時の様子を思い出す。

俺もエリザベッタも、まだ二十代だったか。お互い、まだまだ青いところがあって、悪い部分をカバーし合いながらダンジョン探索に明け暮れる毎日だったな。

正直、あの時は「彼女とならまたパーティーを組みたい」という気持ちがあった。

当時は別のパーティーに所属していたが、独立して一緒に組まないかと誘おうともしたのだが……俺がその話を持ちかける前に、彼女は結婚してダーベスを離れてしまった。

それから俺はダンジョン探索を諦め、採集クエストを中心にこなす日々を送っていた。

すでにテイマーは廃業したつもりでいたが、より効率的にクエストを消化していけるようにとシロン、クロスの二体と契約を結んだのはそれからちょっと後だったかな。

「あの頃からは想像もできないわね。まさかあのバーツが、国から必要とされる存在になるなんて」

「それも弟子たちのおかげさ。あの子たちが俺の教えを守って大成したというのが大きいな。俺自身には何も特別な力なんてないのに」

「あら、そうなの？　私はそこまで驚かなかったけど？」

「えっ？」

思わぬ言葉に、俺は思わずエリザベッタを振り返った。

「さっきの戦いぶりを見ていて感じたの。魔獣たちとあなたは本当に息が合っていていいパートナーだし、クウタのように神獣レベルに達する魔獣もいたわけでしょ？」

「そ、それは……」

クウタが神獣になれたのは、彼自身が努力を続けたからで、俺は関係ない。

そう言ったら、「それは、いつかあなたともう一度パートナーになる日を夢見ていたから実現できたことじゃないかしら」と返された。

おまけに当のクウタ自身に加え、シロンとクロスまで「うんうん」と頷くものだからもう何も言い返せない。

「やっぱり、あなたは私が見込んだだけあるわ」

「そう、か……」

正直、実感はない。

まだ胸を張って言える実績もないしな。

……って、本題から離れすぎちゃったな。

ここからは俺のターンといこう。

「なあ、エリザベッタ」

「何？」

「君は……今もあのパーティーに？」

まずは遠回しに聞いてみた。

何も考えず、「セラノスで一緒に働かないか？」と誘ってみるつもりだったが……こうして顔を合わせているとなかなかそう切り出せなかった。なんとなくではあるが、彼女が今どんな状態であるのかが透《す》けて見えるのが原因かな。

エリザベッタの返答を待っていると、彼女は「ふぅ」と小さく息を吐いてから話し始める。

「もうとっくに抜けちゃったわ」

「そ、そうなのか？」

「旦那とは別れたのよ」

「っ！　そ、それは……その……すまん」

　なんとなく、そうじゃないかって予感はあった。多くの冒険者が返り討ちに遭《あ》っているダンジョンで長期間にわたり単独行動をしていたというのがその理由だ。

　それから話を聞いていくと、ダーベスの町へ行ったのも、過去の自分の足跡をたどる旅の途中で立ち寄っただけだそうだ。

　かつて世話になったソイロ町長がとても困っていたため、それを助けるつもりでダンジョンの謎に挑んだらしい。

「別にいいのよ。もう未練もないし……娘もあっちにいた方が生活は安定するだろうし」

「エリザベッタ……」

　話題が娘のことになると、彼女の声色が弱々しくなった。

　気丈《きじょう》に振る舞っているようでも、やはり本音は隠せないか。昔から、嘘をつくのは下手だったからな。

「で？」

「う、うん？」

「わざわざそれを聞くためだけに、あのノエリーって子を先に町へ戻したわけじゃないんでしょう？」

　次にどんな言葉をかけるべきなのかと悩んでいたら、エリザベッタの方から話題を振ってくれた。

俺はひとつ咳払いをして、本題を告げる。

「実は……セラノスでテイマーとしての心得を若い連中へ伝える仕事をする仲間を探しているんだ。君の力を借りたい」

　今度は何も隠さず、ストレートに投げかけてみた。

　エリザベッタの返事を待っていると、彼女はノエリーが去っていった方向へと視線を送った。

「今も昔も……あなたは本当に魔獣と仲良くなるのがうまいわね。まあ、昔のことは話に聞いただけだけど」

「そ、そうかな？」

「私もパーティーを抜けてから魔獣と契約を結ぼうと思ってはいたんだけど……なかなか踏ん切りがつかなくてね」

　彼女も俺と同じように、何らかの理由でパートナー魔獣との契約を解除したのだろう。そして今も、契約をしている魔獣はいない。

　エリザベッタにとって、魔獣たちは自分の家族のような存在だった。

俺も同じだからよく分かる。

きっと、凄まじい葛藤《かっとう》があったのだろう。

……もしかしたら、それが原因でもうテイマーは廃業してしまったのか。

そんな不安に駆られていると――

「テイマー……私にもう一度できるかしら」

「っ！　できるさ！　君ほどのテイマーはそういないよ！」

あの頃の熱意を思い出しかけたエリザベッタに対し、俺は思わず叫ぶように言う。

最初は俺の声に驚いてキョトンとしていたエリザベッタだが、すぐに「ふふっ」と小さく笑った。

「あなたはあの頃とまったく変わっていないわね」

「そうかな？　割と老け込んだと思うけど」

「年齢の話じゃないわよ」

冗談《じょうだん》を挟むと、エリザベッタの笑顔はさっきよりもずっと自然なものになった。

「決めた。――あなたと一緒にセラノスへ行くわ」

「っ！　そ、それじゃあ！」

「私もそろそろ……新しい道を歩まないと」

決意に満ちた顔つきで、真っすぐこちらを見据えるエリザベッタ。

……どうやら、いろいろと吹っ切れたみたいだな。あのダンジョンでの戦闘の際、どこか迷いのようなものが感じられたけど、今はもうそれは微塵も感じられない。

「嬉しいよ、エリザベッタ」

「どこまでやれるか分からないけどね」

「大丈夫。きっとうまくいくさ」

正直、俺もまだ手探り状態なんだよな。

――でも、デリックをはじめ有能な若者たちはたくさんいる。彼らがテイマーとして成長していけば、きっとセラノスにとって大きな財産となるだろう。

その後、町へ戻った俺たちはソイロ町長にすべてを話し、魔法兵団へ正式に調査を依頼するよう伝える。

「ありがとう……君たちがいなかったら、この町は終わっていたよ」

涙目になりながら、ソイロ町長は俺たちに感謝の言葉を述べた。

あの施設の調査が終わるまでまだ時間はかかりそうだが、この町はいつか必ず、かつての活気を取り戻せるだろう。

念のため、魔法兵団が到着するまでの間、俺たちはこの町で待機することにした。

さて……あの研究施設を調査して何が分かるのやら。

◇　◆　◇　◆　◇

魔法兵団が町へ到着したのは、二日後のことだった。

彼らをダンジョン内にある例の研究施設らしい部屋へ案内すると、すぐに状況が一変。さらに専門家などの増援を王都へと要請し、本格的な調査を始めることになった。

町がかつての賑わいを取り戻すのにはもう少し時間がかかりそうだが、補助金の申請を終えると、ソイロ町長はいなくなった冒険者たちを再び集めようと熱意を燃やしていた。

「――ありがとうな、二人とも。おかげでこの町は再建に向けて動き出せたよ」

帰り支度をする俺とエリザベッタに、ソイロ町長は深々と頭を下げた。

「昔世話になった恩を返しただけですよ」

「そうそう」

そのまま別れを告げ、ノエリーとともに、魔法兵団が用意してくれた王都へと帰還する馬車に乗ろうとしたところで――

「バーツ様！」

それは――魔法兵団に所属する死霊魔術師で、かつてテイマーとしての心得を説いた弟子の一人のメイだった。

「メイ？　どうしてここに？」

「私も魔法兵団の一員ですから。ここへ駆けつけるのは当然ですよ」

それもそうか。

「私としてはもう少し早く駆けつけたかったのですが……別件の解決に少々時間がかかりまして――あっ！」

話の途中で何かを思い出したらしいメイが口元を手で押さえる。

「な、何かあったのか？」

「い、いえ……恐らく、バーツ様が王都へ戻られたら正式に伝えられると思うので私の口から言っていいことなのやら……」

「大丈夫だ。君から聞いたとは言わないから教えてくれるか？」

「で、では――いよいよ王聖六将が揃い踏みになるそうです」

「っ！　とうとうか……」

セラノス王国の新たな国防組織――それをまとめる、いわゆる幹部として招聘《しょうへい》されたのが、さまざまな分野で名を轟《とどろ》かせる者たち。

すでに二人とは顔を合わせており、俺を含めると残り三人いるわけだが、そちらは名前すら知らなかった。

それがいよいよ揃う……なんだか、緊張してきたな。

「残り三人もまもなく到着するという連絡が入っています」

「ついに王聖六将が……頑張りましょうね、師匠！」

「ああ」

俺を信じて王聖六将に推薦してくれたノエリー……いや、彼女だけじゃなく、他のみんなも俺を推してくれたと聞いている。

十数年前のほんのわずかな期間だったとはいえ、弟子だったみんなの期待に応えなくては、師匠として情けない。やるからには全力で挑むつもりだ。

ただ、先日ラングトンと話した、国を乗っ取ろうと画策する者が王聖六将候補にいるかもしれないという話が頭をよぎる。

王聖六将が揃うとなると、そいつとも顔を合わせることになるが……まあ、今考えすぎても仕方ないか。

メイはこのままダンジョンに残り、他の魔法兵団メンバーとともに真相解明のため調査を続けるという。

彼女に別れを告げた俺たちは、馬車に乗り込んで王都を目指した。

「やれやれ、ようやく我が家へ帰れるか」

「シャキッとしろ、クロス。だらしがないぞ」

「まあまあ」

うちの魔獣たちは疲れた様子もなく元気いっぱい。

実に頼もしい限りだよ。

第五章　元弟子の意外な今

王都へ戻ってきた俺は、まず今回の件についてラングトンのもとに報告へ行った。

さらに、エリザベッタについても紹介した。

それが終わると、彼女はラングトンが直々に王都での住居や今後の仕事内容について説明を行っていく。

込み入った話になりそうだからと、俺は別件をこなすために一旦ラングトンの執務室をあとにした。

魔獣たちをひと足先に家に帰し、そのあとで俺は一人、城の中庭へと足を運んだ。

立派な庭園があり、そこには美しい花々が咲き乱れている。

とある人物に会いたかったのだが、ここにいれば会えると踏んだのだ。

「ティオグ」

「えっ？　――あっ！　バーツ先生！」

俺を視界に捉えるや、ティオグは嬉しそうに近づいてくる。

そう、俺が会いたかったのは彼だ。

この中庭は、ティオグのパートナー魔獣である死千蝶《ゴースト・バタフライ》の住処にもなっていた。

他のみんなと同じように、俺がテイマーの心得として教えたもっとも重要な部分――「魔獣との信頼関係を築く」をよく守っている彼であれば、世話をしに来るだろうと考えたのだが……まさにその通りだったな。

「今回のダンジョン探索も、大活躍だったみたいですね。なんでも、怪しい魔法の研究施設のような場所を発見したとか」

「耳が早いな。もう知っているのか」

「すでに城内はこの話題で持ちきりですよ。近々、魔法兵団だけでなくラングトン騎士団長率いる騎士団も動き出すようですよ」

「ラングトンが……」

さっき報告に行った時は、そこまで話してなかった。

「てっきりもう自宅へ戻られたと思ったのですが」

「いや、その……君に確認しておきたいことがあってね」

「なんでしょうか？」

「……まだ顔を合わせていない、残りの三人の弟子についてだ」

「っ！」

すると、ティオグの表情が固まる——が、それはほんの一瞬のことで、すぐにいつも通りの顔つきに戻る。

「残り三人……やっぱり、気になりますよね」

「以前、ノエリーはみんな出世したみたいなことを言っていたが……どうにも気になってしまってね」

……これがすべてではない。

今回、王聖六将が集まるという話をメイから聞いて、ふとある予感がした。

それを確認するために、ティオグのもとを訪れたのだ。

最初はにこやかだったティオグも、俺が残り三人の話題を出したあたりからなんとなくこちらの考えを読み取ったらしく、苦笑いを浮かべている。

「その様子ですと、なんとなく勘づいてはいらっしゃるようですね」

「……分かるか？」

「先生とは短い間しか一緒にいられませんでしたが——ご自身が思っているよりも分かりやすいですよ」

……マジか。

まあ、ノエリーやミネットにもそんなようなことを言われた記憶がある。

——っと、いけない。

話題がそれるところだった。

向こうも気がついているというなら、遠回りをする必要もない。単刀直入に、ズバッと聞いてみることにしよう。

「まだ俺の会っていない残りの三人——そのうちの誰か一人が、王聖六将に名前を連ねているんじゃないのか？」

特に根拠があったわけじゃないけど、ノエリーの「みんな出世した」という発言からなんとなくそうじゃないかっていうのはずっと前から考えていたのだ。

……俺が教会でテイマーの心得を教えていたのは全員で八人。

ノエリー。

ミネット。

メイ。

フィオナ。

そしてティオグ。

この五人はすでに顔を合わせている。

だが残った三人はこれまで、多忙だったり国外にいたりするという話だったので、なかなか会えなかった。

もちろん、みんな出世しているという話だから忙しいのは分かっているが、もしかしたら王聖六将とかかわりがあるのではないかと予想したのだ。

俺の問いへのティオグの返事は――

「……半分正解ですね」

なんとも歯切れの悪いものだった。

「は、半分って……どういうことだ？」

「言葉のままですよ。一人じゃないんです――全員なんです」

「…………は？」

予想を遥かに超える答えが返ってきた。

「ちょっと待ってくれ……三人とも王聖六将に名を連ねているのか？」

「はい。――とはいえ、実際に加わったのはつい最近なのですが」

「ど、どういうことだ？」

つい最近って……そうか。

仮に、あの段階で残り三人が同じ王聖六将に名を連ねていたら、ノエリーが教えてくれるはずだ。

それがないということはつまり――

「そのうち一人は前々から候補に挙がっていたんです。ただ、当初予定していた他のお二人が参加できそうにない状態になったので、改めて選び直すことになり、その際、候補に挙げられたのが僕らと同じ施設で育った二名でした」

やはり、そういうことか。

「それで選ばれたのが……その三人なのか」

「えぇ。もともと、最初の段階から候補にしようと名前は挙がっていたのですが、最初二人は断っていたのです」

ということは……何か、心変わりするような事態でも起きたのだろうか。

「なぜその二人は今になって受け入れたんだ？」

「先生がいるからですよ」

「なぬ？」

そこでまさか俺の名前が出るとは……でも、確かに大きな変更点といえばそのくらいしかないのか？

「ノエリーは必ず先生を連れてくると豪語《ごうご》していましたが……正直、僕を含めた他の七人は難しいだろうと考えていました」

「無理もないな。何せ、あれから誰とも連絡は取っていないし、冒険者稼業を続けているかどうかも分からない状況だったし」

みんなの未来を託したラングトンにさえ行き先を告げていなかったし、あの頃の相棒たちとは契約を解除していた……およそ手がかりと呼べるものなんてない状態であったが、それでもノエリーは俺を捜し当てた。

冷静に振り返ってみると、これって奇跡だよなぁ。

「先生がセラノス王都へ移住し、しかも僕らにテイマーとしての心得を教えてくださった時と変わらぬ優しさと勇気を持たれており、早速この国の平和に貢献された……やはり僕の目に狂いはなかったのです。そんな先生の武勇伝を耳にした二人は、それまで王聖六将への就任を固辞《こじ》していましたが、急に方針を転換して加わってくれることになったのです。これまた先生の人望ゆえのこと……僕などはまだまだ先生の足元にも及ばない凡夫であると痛感させられると同時にこの国の未来が――」

いかん。

ティオグが早口状態に突入してしまった。

こんな時、ラングトンは……そうだ。とりあえず話に割り込んで強制的に終了させていたな。

「な、なあ、ティオグ。三人はもう王都にいるのか？」

「い、いえ。今朝届いた情報によると、三人のうち二人は、今日中に王都へ到着する見込みとなっています」

「そうなのか。……それにしては遅いな」

エリザベッタの件をラングトンに報告しながら雑談に花を咲かせてしまったので、外はすっかり夕焼け色に染まっていた。

「まだ到着の連絡は受けていません。もう到着していてもいいはずなんですが」

む？

なんだか、猛烈に嫌な予感がする。

「あの三人……時間にルーズなタイプじゃないよな」

「朝が弱いメイや奔放《ほんぽう》なフィオナはよく遅刻していましたが、あの三人はタイプが違いますよね」

「おまけに、あの三人は揃ってマメな性格だ。セラノス王都に到着すれば、まず真っ先に君とコンタクトを取るはず」

「な、何かあったのでしょうか……」

「考えたくはないが、な」

俺とティオグが顔をしかめていると、まるで俺たちがその話をするのを待っていたと言わんばかりのタイミングで、一人の兵士が慌てた様子でやってくる。

「こ、こちらにいらっしゃいましたか！」

「どうしたのですか、そんなに慌てて」

ティオグが兵士に尋ねると、彼は答えづらそうにしつつ要件を話す。

「実は、工聖六将の件でご報告したいことが」

兵士は乱れる呼吸を整えながら、必死にそう訴える。

……どうやら、今回も俺の嫌な予感は的中したらしい。

「本日到着見込みだったお二人のうち、お一人は急な仕事が入って到着が遅れると連絡があったのですが……もう一人の方は連絡もなく、今も音信不通となっています」

「「えぇっ!?」」

俺とティオグの声が重なる。

音信不通って……どういうことだ!?

「それは一体誰ですか？」

「ア、アリアーヌ様です」

「っ！　アリアーヌか……」

彼女は俺が教えていた弟子たちの中で二番目に年齢が上だった。

一番上の子が男の子だったから、彼女は女子全員のよきお姉さんという立ち位置で、面倒見がよく、特にノエリーとフィオナはよく懐いていたな。あのミネットでさえアリアーヌの前では大人しくなるほどだ。

姉力《あねりょく》——その表現が正しいかどうかはこの際どうでもいい。

包容力というか、余裕ぶりというか、とにかく何をやるにも姉らしさが存分に発揮されているのがアリアーヌという少女の印象である。

そんな彼女が王聖六将の候補者だったとは……そうなると、アリアーヌもまたある分野で大活躍するスペシャリストってことか。

てっきり、優しい男性と結婚して母親になっているとばかり思っていた。そういう姿が一番似合うし。

——なんて、暢気なことを言っている場合じゃなかったな。

「捜索隊を出した方がいいんじゃないか？」

「……いえ、彼女が今どこにいるのかは分かっています」

「ど、どういう意味だ？」

「彼女は北にある雪山に行っています」

「雪山……」

確か、かなり雪が降ると有名な山があったな。そこに行ったのか。

しかし、一体何のためにだろうか。王聖六将になるという話は聞いたが、彼女が今何をしているのかは聞いてないんだよな。

「ですが、彼女からは数日前に使い魔を通して連絡を受けています。目的を達成したので合流を目指し、下山をしたと」

「その雪山なのですが……実は大規模な雪崩《なだれ》が発生し、現地はかなりのパニックになっているようなのです」

「「えっ!?」」

おいおい……それってかなりまずくないか？

あの几帳面《きちょうめん》なアリアーヌが連絡のひとつも寄越さないという状況と、彼女が先日まで滞在していた雪山で発生した雪崩――これは巻き込まれた可能性が高いと見ていいんじゃないか。

「他に何か分かっていることは？」

「げ、現地にはすでに騎士団を派遣しています。アリアーヌ様以外にも巻き込まれた者たちが大勢いるようでしたので。ノエリー殿も報告を受けてすぐに飛び出していきました」

恐らく、ノエリーもアリアーヌの安否を気にして焦ったのだろう。

この場にメイがいたら、きっと彼女もそうしただろうな。あっちはまだダンジョン内の施設を調査する仕事をしているから、当分戻ってこられないだろう。

そうなると……俺もボケッとはしていられないな。

「こうしちゃいられない」

アリアーヌにもしものことがあったら……そう考えると、居ても立ってもいられなかった。

冷静に頭を整理するよりも先に体が動き、気がつくと駆け出していた。

「バ、バーツ先生!?」

「俺も魔獣たちを連れて現地へ行く！」

「し、しかし、先生はこちらへ戻られたばかりじゃないですか！」

「元弟子が窮《きゅう》地《ち》に立たされているかもしれないというのに、ただ待ってなどいられないだろ」

「それなら一緒に行きますよ」

こちらの行く手を遮るように立ちはだかったのは――

「フィ、フィオナ!?」

元教え子であり、今は三つ星《トリプルスター》の冒険者パーティー【黒猫《ブラック・キャッツ》】の若きエースとして活躍する、フィオナだった。

「ティオグから依頼を受けていたダンジョン調査も終わって、報告に来たんだけど……とんでもない事態になっているみたいですね」

「き、聞いていたのか？」

「えぇ。あっ、念のために言っておくと偶然ですからね？　それより、アリアーヌさんにはめちゃくちゃお世話になっているし……雪山へ行くというなら、俺のパートナー魔獣はもってこいの相棒だと思いますよ？」

「そ、そういえば……」

フィオナのパートナーは雪蛇《スノー・スネーク》――目的地である北の雪山は、まさにその雪蛇《スノー・スネーク》にとってこれ以上ない活躍の場となるだろう。

「よし！　行こう！」

「そうこなくっちゃ！」

「気をつけてください、二人とも。現地はまだ情報が錯綜《さくそう》していて混乱状態にあるはずです。それと、すぐに馬車の手配をするので城門前で待っていてください」

「了解だ」

こうして、俺はフィオナとともにアリアーヌの安否を確認するため、北の雪山を目指して王都を発つのだった。


アリアーヌの安否を確認するため、ティオグの用意してくれた馬車で雪崩の発生した雪山へと向から俺とフィオナ。

ちなみに今回は非常事態ということだったので、城から直接出てきた。

クロスたち魔獣組はあとから召喚術で呼び出してもよかったのだが……ティオグが死千蝶《ゴースト・バタフライ》たちに命じて伝えてくれたので、追いかけてくるはずだ。

そんな道中、俺は御者《ぎょしゃ》を務めるフィオナへ、アリアーヌの近況について尋ねてみた。

「アリアーヌさんは鍛冶《かじ》職人なんですよ」

「鍛冶職人か……」

――正直、意外だ。

彼女は知的で、どちらかというとティオグのような内政にかかわる仕事が得意そうに見えたからだ。

それに趣味《しゅみ》が掃除《そうじ》、洗濯《せんたく》、料理の家事全般ときている。

エプロンをつけてキッチンに立っている姿はまだあどけなさの残る子どもとはいえ、妙に様《さま》になっていたんだよなぁ。

そういえば、前に一度、家事の手際のよさを褒めたら、「これでいつでも先生のお嫁《よめ》さんになれますね」とマセたことを言っていたっけ。あの年齢で男を手玉に取るような発言を身につけているとは……そういう部分も大人っぽかったな。あと、その話を聞いたノエリーとメイが何とも言えない顔をしていたのが今も印象に残っている。

ちなみに、これは今回の件に直接関係はないのだが……不思議と、みんなアリアーヌには敬語で接してたんだよな。

そんな彼女がどうして鍛冶職人になったのだろう。

確かに料理とか、何かを作るってことは好きだったんだろうけど、俺の記憶にあるイメージと結びつかない。

これまで出会った弟子たちは、みんなそれぞれ「成長したらこんな感じになるんだろうな」っていうのが子どもの時の姿からイメージできた。

大体それと合った道に進んでいるのだが、アリアーヌだけはまったく違うな。

「王都でも凄腕で有名なんですよ。うちのリーダーも贔屓《ひいき》にしていましたし。……ただ、工房が王都から離れてるから、滅多に会えないですけど」

そう語るフィオナはどこか寂しそうだった。

思い出してみると、昔のフィオナはアリアーヌにベッタリだったな。昔の彼女はイタズラ好きで、ノエリーやティオグなんかはよく標的にされていたが、アリアーヌにだけはそういうことをしなかったし。

もしかしたら、他のみんな以上に本当の姉のように思っているのかもな。

――っと、そうだ。

そろそろ本題に移らないと。

「そのアリアーヌなんだが……どうして雪山へなんて行ったんだ？」

「たぶん、素材を手に入れるためじゃないでしょうか」

「素材を？　鍛冶に使うためだよな」

普通、素材は商人から入手する。

それこそ、工房を持っているというなら出入りの業者がいてもおかしくはない。

だが、アリアーヌの場合は事情が少々異なるようだ。

「アリアーヌさんって、凄くこだわるんですよ。素材もひとつひとつ自分の目でチェックしないと気が済まなくて。だから、物によっては自ら採取に赴《おもむ》くんです」

「な、なるほど……」

自ら素材を入手するために雪山にも向かう鍛冶職人か……確かに、あまり耳にしたことはない珍しいタイプだな。

「だから、正直驚いているんですよ」

「ん？　何にだ？」

「アリアーヌさんが王聖六将に名を連ねることを承諾したことにですよ。俺はてっきり断るものだと」

「あぁ……」

言われてみればそうだな。

実際、最初は断ってたって話だし……王都から離れた場所に工房を構えてるらしいのも人とのつながりを避けているように思える。

にもかかわらず、王聖六将入りを了承した理由は、本当に俺が移住してきたからなんだろうか。

他にも何か理由がありそうなんだけどな。

あと、彼女についてはもうひとつ気になっていることが。

「前にノエリーが言っていたが、教会にいたメンバーはみんなテイマーになったんだよな？」

「そうですよ」

「じゃあ、アリアーヌも鍛冶師をしつつテイマーとして活動を？」

「はい。と言っても、アリアーヌさんの場合は仕事のパートナーっていう方が正しいですね」

「となると、ティオグの死千蝶《ゴースト・バタフライ》みたいなタイプの魔獣か」

偵察《ていさつ》をメインの任務としながらも毒の鱗粉という攻撃手段も持つ、ティオグのパートナー魔獣。

話を聞く限り、アリアーヌが契約している魔獣も似たようなものかな。

しかし、これに対するフィオナの反応は微妙なものだった。

「どうでしょうねぇ……確かに、タイプ的に似ているところは多いですが、少なくとも戦闘力は段違いです」

「段違い？」

「アリアーヌさんの連れている魔獣は強いですよ。それに……たぶん、師匠も知らないとても珍しい魔獣なんです」

「ほぉ……」

なんだよ、その好奇心をそそられる言い方は。

俺もテイマーの端くれとして、さまざまな魔獣の知識を持っているつもりだ。

そんな俺でも知らない珍しい魔獣とは、一体どんなヤツなんだろう。

ワクワクしてしまったが、今はそういう浮ついた気持ちは抑えなくちゃな。

いずれにせよ、まずはアリアーヌの安否確認が先だ。

「師匠、寝ていても大丈夫ですよ？　俺はまだまだ平気ですから」

「ありがとう。でも、今は眠れそうにないからいいよ」

「師匠……絶対にアリアーヌさんを助けましょうね！」

「もちろんだ」

俺とフィオナは改めて決意表明をする。

それからしばらく馬車を走らせていると、不意に周囲が暗くなった。

もともと、月明かりくらいしか光源がないので薄暗《うすぐら》くはあったが、今はまるで頭上に何かが覆いかぶさっているような感覚だ。

何事かと思って見上げると、そこには夜空を覆うほどの巨大な赤い鳥がいた。

「クウタか！」

「旦那！　お待たせっす！」

「すぐに追いつけてよかった」

「アリアーヌが大ピンチなんですよね！」

巨大化したクウタの背中には、シロンとクロスの姿もある。

メンバーも無事全員が揃い、目的地の北の雪山が徐々に近づいてきた。

頼む……無事でいてくれ。

◇◆◇◆◇

夜が明けるとほぼ同時に、俺たちは雪山へと到着した。

本来はもっと時間がかかるのだが、森を抜けてからクウタに地上へ降りてきてもらい、馬車ごと彼の背中へと移動。馬や荷台が落ちないようにシロンとクロスが押さえつつ、障害物のない空の道を通り、なんとか最短で雪山にたどり着いたのだ。

「ここまで足を運ぶのは初めてだな」

「お、俺もです」

これまで冒険者として生きてきた俺やフィオナでさえ、この地へ降り立つのは初めてのことであった。

それは無理もない話で、この辺りにはダンジョンがないので、冒険者にとっては無縁《むえん》の地域と言えるのだ。

標高が高いこともあり、年間を通して雪や氷に閉ざされている厳しい環境でもある。

だが、ここには村があった——と言っても、簡易的な造りの宿泊施設や必要最低限のアイテムが売られている店が数店舗あるだけで、村人と呼べる者はごくわずか。

冒険者も寄り付かない、過酷《かこく》な環境なのに、そんな村がある理由は……この周辺では良質な素材が手に入るからだった。

その素材というのは、この地に生息する動物たちだ。

牙や骨は武器や魔道具となり、毛皮は防寒具や服にも利用できる。おまけに肉もうまいとくれば、狩りをしない理由がない。

用途は人それぞれだが、何にでも使える素材が手に入りやすく、中には都市部で売ると人生の半分は遊んで暮らせる額になる、伝説級の代物まであるという。

最初はなぜ鍛冶職人であるアリアーヌが自ら雪山へ足を運んで素材を調達しようとしたのだろうと疑問に感じていたが……よく考えたら逆なんだ。鍛冶職人という仕事だからこそ、この地にやってきたのだ。

俺とフィオナは用意してきた防寒服を着込んで、村へと入る。

そこはティオグの言っていた通り、雪崩の影響で大混乱となっており、情報を集めようにも困難な状態だった。

雪崩が再び発生する危険があるらしく、山の方へは立ち入れない状況が続いているとのことだった。

「全体的に浮足立っているって感じですね」

「これだけの雪山だから、雪崩の危険性は常にある。訪れている者たちも当然それを考慮していたはずだが……それでもこれだけ取り乱している状況となると、雪崩はかなり大規模なものだったみたいだな」

日頃からそれなりの対策なり救助体制を取っているはずだが、それでも追いつかないほどの規模だったらしく、誰もが慌てふためいているように映った。

そのため、俺たちは村で足止めを食らうこととなる。

「情報収集どころじゃないですね」

「どうにかして状況の確認をしたいところだけど……」

今の騒々《そうぞう》しさを考えると、誰に声をかけても正確な情報は手に入りそうにない。

さらに厄介なのは、セラノス王都に比べて低い気温だ。

「うへぇ……寒すぎるなぁ」

「おまえは寒さに弱いのだから宿屋で待っていろ」

「そういうわけにいくかよ！」

「いても足手まといになるだけだ」

「んだとぉ――へっくし！」

クロスとシロンが言い争っているが、クロスにはいつもの元気がない。

うーむ……シロンの言うように、このあともしアリアーヌを捜すために雪山へ入るような事態になったら、寒さに弱いクロスは今回お留守番になりそうかな。

そういう意味ではクウタも同じだ。不死鳥《フェニックス》である彼も、寒さに弱いという弱点がある。なので、無理をせずに――って、あれ？

「クウタ？」

さっきまで体を縮めて俺の肩にとまっていたはずのクウタがいなくなっている。

迷子になったとは思えないが……と、近くにある村の名前が書かれた看板で羽を休めているのを発見する。

「こんなところで何をやっているんだ、クウタ」

「バーツさん……いえ、なんだか変な感じがして」

「変な感じ？」

「なんというか、こう……懐かしい感じがするんです」

「懐かしい？」

妙な感想だな。

懐かしいって……もしかして――

「クウタ……あの雪山にかつての仲間がいるんだな？」

「ハッキリと断言はできませんが……言われてみれば、この感覚はバーツさんと別れる前に感じていた気配と同じものです」

「やはり……」

クウタの語る懐かしい感覚――それは、かつて俺と一緒に旅をしていた仲間の気配を指しているのだろう。

彼を除けば、かつての仲間は残り三体。

そのうちの一体が、この雪山にいる。

まさかとは思うけど……雪崩の要因になっていないだろうな。あるいは、雪崩に巻き込まれてしまったかもしれないが。

アリアーヌの安否と合わせて心配なところだ。

ちなみに、その可能性がある三体の魔獣のうち、誰なのかについては心当たりがあった。

何せ、あいつは雪での戦いを得意としていたから。

生まれも育ちも雪山だし、可能性はもっとも高いと言える。

当時、もともと所属していたパーティーが雪原での魔獣討伐クエストに挑戦していたことから契約を結んだのだが、それが終わってからもずっと一緒にいた。教会での一件で俺がテイマーを辞めると言った時、もっとも反対したのもあいつだった。

――っと、今は思い出に浸っている場合じゃない。

アリアーヌの安否が心配だし、何より、雪山を得意にしていたあいつがここにいるというなら、今回発生した雪崩にも何か関係しているかもしれないのだ。元契約者として、このまま放っておくわけにはいかない。

すぐにでも調査に出たいところではあるが……未だに村は混乱していた。

誰もが違う情報を口にしており、一体誰の言葉を信じればいいのかまったく分からない最悪の状況だ。

こういった事態では、何よりも正確な情報が必要不可欠。なんの手がかりもないまま突っ込んでいくのは危険だ。

またいつ雪崩が発生するか分からないし、初めて足を踏み入れる山だから、せめて詳しい場所を示した地図がいる……まあ、雪崩で多少は地形が変わっているかもしれないが。

そいつを手に入れないことには、アリアーヌ救出には出られない。彼女を助けに行こうとして、俺たちまで遭難してしまったら元も子もないからだ。

——と、理屈をこねてはいるが、本当は今にも駆け出したい気持ちを必死になって抑え込んでいた。

冷静になれと心の中で何度も呟く。

迂闊な行動が死につながるというのは、冒険者時代にダンジョンで何度も味わってきた。

特に今回は救出がメインになるのだから、準備は万端にしていかないといけないというのに……

くそっ！　どうすればいいんだ！

苛立ちが募る中、事態が大きく動く出来事が起きる。

「おい！　生存者が自力で下山してきたぞ！　ログハウスにいる！」

一人の冒険者が、村に集まったすべての人に聞こえるよう大声で叫ぶ。

「し、師匠、生存者ってもしかして……」

「……アリアーヌだといいんだがな」

ここへきてひと筋の光が差した。

……そういえば、まだノエリーの姿を見かけていないな。

ティオグとの会話中に報告してきた兵士の話では、すぐに城を飛び出していったという。だとすれば、すでに現地に到着しているはずなのだ。

俺たちがクウタに乗って多少早く着いたのもあるかもしれないが、それにしたってノエリーも馬車以外での移動手段は持っている。すでに着いていてもおかしくないのだが。

まあ、これほど人が集まって、今もなお増え続けているわけだし、すぐに顔を合わせるのは難しいかもしれない。

まさかとは思うけど、何も考えずに雪山へ入っていったなんて無茶はしないだろう。

「…………」

――まずいな。

冗談のつもりだったのに、だんだん「ノエリーなら一人で突っ込みかねない」って気持ちになってきたぞ。

ノエリーはアリアーヌにとても懐いていたからなぁ……あの時の八人の中でアリアーヌに何かあった際、一番取り乱すのは間違いなく彼女だろう。

で、今回の雪崩騒動……嫌な予感を拭《ぬぐ》うように頭を振って、気持ちを落ち着かせる。

あのノエリーがそんな短絡的な行動を取るはずがない。

百歩譲《ゆず》って、雪山へ入ってしまったとしても、彼女には鋼鉄魔人《アイアン・レイス》のアインがいる。パートナー魔獣が近くにいてくれたら、安全だろう。

ノエリーの動向も気になるが、今優先すべきはアリアーヌの安否について情報を持っているかもしれない生存者たちだ。

「ともかく行って確認をしてきた方がいいのではないか、主よ」

「そうだな」

シロンの言う通り。

まずは情報の確認を行おう。

俺たちは生存者が保護されているというログハウスへと向かう。

「うおぉ！　あったけぇ！　助かるぜぇ！」

「うんうん！」

寒さに弱いクロスとクウタは暖炉《だんろ》を見つけると、そちらへ向かっていった。

一方、俺たちは生存者へ話を聞くためログハウス内を見て回る。

そこにはこちらと同じ目的で集まった者たちでごった返していたが、そこでの会話から、救出された生存者は五人で、その全員が男性であると発覚した。

「アリアーヌさんじゃないなんて……」

落胆《らくたん》するフィオナだが、俺にはどうしてもアリアーヌが死んだとは思えない。

何事も器用にこなし、いつも飄々《ひょうひょう》としていた彼女のことだから、きっと今もどこかで助けを待っているかもしれない——いや、きっとそうに違いない。

さらに、周囲から驚くべき情報がもたらされる。

「なんでも、ヤツらが助かった理由は一人の女性の勇気ある行動らしいぞ」

「そいつは凄いな。なんとか、その女性も助けられたらいいのだけど」

「っ!?」

その言葉を耳にした瞬間、頭の中にアリアーヌの顔が浮かんだ。

まさか……彼女が男性たちを麓《ふもと》へ返すために？

だとすれば、まだ生きている可能性があるぞ。

俺たちは生存者から話を聞くため、彼らに近づいていく。

そこには毛布にくるまれ、温かい飲み物を手にしている五人の生存者がいた。

全員、顔は真っ青で小刻みに震えている。その状態から、いかに過酷な環境であったか手に取るように分かった。

同時に、一層アリアーヌの安否が気にかかる。

「失礼。少しお話をうかがってもよろしいか？」

「あ、ああ……」

俺はすぐ近くにいた坊主《ぼうず》頭の青年に話しかけた。

「君たちを助けたのは女性だと聞いたが……その特徴を教えてくれ。髪とか瞳の色とか外見年齢とか、なんでもいいんだ」

「お願いします！」

フィオナも頭を下げ、情報を求めた。

こちらの必死のお願いに、男性は俺たちがその女性の関係者であると悟《さと》ったらしく、詳しく語っていく。

編み込んだ茶色の長い髪。

おっとりした口調。

そして職業は鍛冶職人兼テイマー。

ひと通りの特徴を耳にした俺とフィオナは——確信した。

「間違いない。雪山に残っているのはアリアーヌだ」

「アリアーヌさん……今助けに行くよ！」

「落ち着け、フィオナ」

気持ちは痛いほど分かる。

俺だって、天候がよければそうしていただろう。

だが、今の天候では無理だ。

「山へ入る前に大至急準備を整えるぞ」

「は、はい」

「ま、待ってくれ」

俺たちがログハウスを出ようとした時、先ほどとは別の男性が俺たちを止めた。何やら言いたいことがあるらしい。

「山にはかなり強い魔獣がいる。きっと、雪崩もヤツの仕業《しわざ》だ」

「魔獣？」

それはもしかして……クウタが感じ取ったという俺の昔のパートナー魔獣のことか？

そんな男の言葉を受けて、騒然となるログハウス内。

「そんなヤツがあの山に……」

「雪崩はそいつのせいなのか⁉　許せねぇ！」

「騎士団にも討伐要請を出した方がいいんじゃないか？」

ただでさえ雪崩の後処理で大騒ぎをしているのに、そこへさらに魔獣の目撃情報が加えられて軽くパニックとなっている。

そんな中、俺はかつてのパートナー魔獣について思い返していた。

雪山で生まれ育ち、極寒の環境を得意とする魔獣。

あの頃は雪崩を引き起こすような真似ができた記憶はないが……クウタも最初は普通の鳥だったのが、今や炎を自在に操る不死鳥《フェニックス》だからな……その辺はあまり関係ないのかもしれない。

「バーツ師匠……大丈夫ですか？　顔色が優れないようですけど」

「そ、そうか？　問題ないよ」

いかん。

フィオナが心配そうにこちらを見つめている。

これから雪山を登ろうというのに、余計な不安を持ち込まないようにしないとな。

「主よ。そのかつての仲間とやらはどれほどの実力があるのだ？」

今度はシロンがそんなことを尋ねてくる。

それで、予想したあいつについて記憶をたどってみたのだが……

「クウタは昔は偵察タイプで今はこれだけ強くなったけど、あいつは昔から戦闘特化タイプだったからな……今はどうなっていることやら」

「せ、戦闘タイプ？」

「ああ。とても頼りになるヤツだったよ。それでも、あの頃はまだ子どもだったから、発展途上って感じだったけど」

あれから、一体どんな成長を遂げたのだろうか。

まさかとは思うけど……クウタみたいにとんでもない進化を遂げているのでは——というのは考えすぎか。ハッキリ言って、クウタが異端なんだよな。

……まあ、そもそも本当にあいつがいるかどうかは分からないんだから、とりあえずここまでにしておこう。

今は何より、アリアーヌの救出を最優先とすべきだ。そのうえで、どうしてもあいつと対峙することになったら、その時は然《しか》るべき対応をとらなくてはいけない。

——だが実際にそうなったら、俺は毅然《きぜん》とした態度で戦えるだろうか。

クウタは再会した時、最初からこちらに好意的だったが、他の三体が未だにみんなそう思ってくれているとは限らない。何せ、俺が一方的に契約を破棄したわけだからな。もしかしたら、俺を恨んでいるのかも。

まだ気持ちの整理がついていないが、ここでグダグダと考え込んでいる暇はない。

ともかく、あの雪山にアリアーヌがいるというのは分かったんだ。

救い出すための準備をしていかないと。

だが、それを阻むように吹雪《ふぶき》は一層強くなる。

これでは捜しに出た俺たちも遭難してしまうな。

「くっ……今はまだ耐えるしかないのか」

「そうですね……」

俺もフィオナも悔しさを滲《にじ》ませながら、それでも無茶な行動はしないようにしていた。

ログハウスのオーナーが「今の状態なら明日の朝には弱まるはずだ」と集まった人たちへ知らせていた。

「捜索は明日の朝からになりそうですね」

「だな。その時は留守番を頼むぞ、クロスにクウタ」

「しょうがねぇか……」

「何かあったらすぐに呼んでくださいね」

「おう。切り札として期待しておくぞ」

寒さに弱い二体だが、戦闘能力は折り紙付き。

いざとなれば、召喚術を使って呼び寄せ、力を貸してもらうとしよう。

準備を進めていると、俺たちと同じように仲間を救出するため山に登るつもりらしい冒険者から声をかけられる。

「よぉ、あんたらも仲間を助けに来たのかい」

「まあね」

「おじさんたちも？」

「ああ、そうなんだ。それで、同じ目的を持った者同士で協力をできないかってみんなと話をしていたんだ」

彼はそう言ってログハウス内の一角を指さす。そこには武器やアイテムの整理をしている同業の冒険者と思われる一団があった。

「あいつらの仲間も、雪山で素材集めをしている最中に連絡が途絶えたらしい。うちも似たような状況でな……大人数ならやれることの幅も広がるし、生存率も上がるかと思ってね」

「そいつはいい。俺たちも乗らせてもらおう」

「はい。確かにこういう捜索系のクエストはかかわる人の数が多いほど成功率が上がりますからね。まあ、練度があればの話ですが」

フィオナが俺の言葉に頷く。

「ははは、手厳しいなぁ、お嬢ちゃん」

「俺はお嬢ちゃんじゃない。これでも三つ星《トリプルスター》の冒険者パーティーに所属しているんだぞ！」

「そうかそうか」

必死に訴えるフィオナだが、周りはまったく信じていないな。

——だが、その様子を見て憤慨《ふんがい》したのは他でもない、彼女の連れているパートナー魔獣の雪蛇《スノー・スネーク》——ユキゾーであった。

「シャアアアアアアッ！」

建物の外からログハウス内を覗き込み、威嚇の声をあげる。

「うおっ⁉　し、白い蛇？　雪蛇《スノー・スネーク》か——うん？」

ユキゾーを見た冒険者たちの顔色が変わる。

どうやら、フィオナの名前は知らなくてもパートナー魔獣の噂は耳にしているらしい。

「聞いたことがあるぞ……雪蛇《スノー・スネーク》を連れている有望な若手冒険者がいるって」

「それが俺なんだよ！」

ログハウス内に響き渡るフィオナの叫び声。

これがきっかけで一気に注目を集めることとなった。

中には以前会ったことがあるという者も数人いて、フィオナが有名冒険者ニーナの率いるパーティーの有望株であると証明してくれた。

それが理由かどうかは分からないが、救助に協力をしてくれる冒険者がさらに増え、最終的に総勢で十五人となった。

まずは生存者たちがたどってきた道を進み、残されている者たちとの合流を図る。

勝負は明日の朝からだ。

第六章　雪山での捜索

翌朝。

ログハウスのオーナーが予想した通りの天候となった。

「よし。これなら行けそうだな」

宿屋の二階にある部屋の窓から外を見てみると、吹雪は収まり、到着した時よりも視界は広がっていた。これならなんとかなりそうだというコンディションだ。

遭難者を救出するには絶好の機会と言えるだろう。

「師匠！　これならアリアーヌさんを捜しに行けますよ！」

俺が起こしに行くよりも先にフィオナが部屋に突撃してくる。ヤル気満々だな。

朝食を済ませ、身支度を整えてから宿の外へ。

そこにはともに雪山へ挑む冒険者たちが揃っていた。

「遅れてすまない」

「いや、俺たちも来たばかりだ。むしろ君たちでも早いくらいだよ。まあ、それほどみんな仲間のことが心配なのさ」

最初に声をかけてくれた冒険者——昨日名前を聞いたがジェスというらしい——が言うと、他の冒険者たちも静かに頷いて同意していた。

……俺がかつて所属していたパーティーとはまったく違うな。あいつらは常に気に入らないメンバーを陥《おとしい》れることばかり考えていたからな。

一方でジェスたちは、天候が回復したとはいえ、いつまた崩れるかも分からない状況でも仲間を助けるために雪山へ登る。ヤツらに爪の垢《あか》を煎《せん》じて飲ませたいくらいだ。

「今回の道中だが、君たちの魔獣が鍵を握る」

「任せてくれ」

今回の詳細なルートは、マップ頼りとなっている。

ログハウスにはガイドの人間が常駐《じょうちゅう》しているのだが、凶悪な魔獣が潜んでいるという情報もあり、彼らは同行を拒否した。

捜索隊の中には、強制的に彼らを連れていこうと言う過激なヤツもいた。

だが、もし実際にその魔獣と対峙した場合、非戦闘要員であるガイドはかえって戦いを不利にさせる要因となり得てしまう。

一応、ジェスは過去に何度かこの山に来ていて、登山の心得もあるというが……それでも対策が完璧《かんぺき》とは言い難い。

そこで、ここは俺とフィオナのパートナー魔獣の出番というわけだ。

特にフィオナの相棒である雪蛇《スノー・スネーク》のユキゾーにとっては、もっとも力を発揮できる環境だ。ここで思いっきり暴れてもらうとしよう。

「頼むよ、ユキゾー。俺たちをアリアーヌさんたちがいるところに導いて」

「シャーッ！」

その名の通り、雪のように真っ白な鱗《うろこ》の雪蛇《スノー・スネーク》は、雪の中へ入り込んで移動を開始する。

さすがは雪原に生息する魔獣。初めて来た場所でありながら、その動きは慣れ親しんだ場所を進むように軽やかだった。

とりあえず、ユキゾーの調査に期待を寄せつつ、俺たちも周囲を捜索していこうという流れになった。

「シロン、君はユキゾーの援護に回るんだ」

「任せろ」

俺もシロンを連れてきてはいるが、彼女は特別このような環境が得意というわけじゃない。

とはいえ、クロスやクウタに比べたら機敏に動ける。魔獣がいるという証言もあるわけだし、S

ランク魔獣とはいえユキゾーのみというのは少し不安だった。

だが、シロンが補助に入ってくれたおかげでユキゾー自身も心強い味方を得たと安堵していると
フィオナは話していた。

ユキゾーが先行し、俺たちは周辺を調べていく。

もちろん、ただむやみやたらに辺りを捜し回るだけじゃダメだ。

下手をしたら、助けに来た俺たちのうちの誰かがまた遭難して、被害が広がる可能性もあるか
らな。

それぞれが離れすぎないよう、常に仲間の動向に注意をし、声をかけ合いながら少しずつ前進を
していく。

すると、一人の冒険者が話しかけてきた。

「あんた、テイマーなのかい？」

「まあね」

「あそこにいる子と知り合いのようだったが……」

「彼女は元弟子でね」

「弟子？　あのフィオナの師匠なのか？」

驚いた声を出す冒険者。

最初は「なぜそんな反応を？」と疑問に感じたが、そういえばフィオナは冒険者界隈《かいわい》じゃ名の知られた存在だったな。そんな子に師匠と呼ばれていたら、そりゃ気になるか。

迂闊な受け答えをすれば面倒な事態に発展しかねないので、慎重にならないといけない。

「師匠といっても、俺が彼女にいろいろと教えていたのはずっと昔――それこそ、あの子がまだ小さな子どもの頃の話さ」

「聞いているよ。フィオナはその時に教えてもらったすべてが今の自分の糧《かて》になっていると、あちらこちらで語っているからな」

「そうなのか？」

「ああ。俺は直接聞いたわけじゃないが、どんな人か気になっていたんだ」

フィオナ……そんな風に思っていてくれたのか。ノエリーやミネットに比べると、再会した時の反応が薄めだったので気づかなかったが、とてもありがたい話だ。

――って、本題からずれちゃったな。

話しかけてきた冒険者は、俺よりもむしろフィオナの方に関心があるのだろう。

「あの子を自分たちのパーティーに引き込もうというならやめておいた方がいい。すでにフィオナはいい仲間たちと巡り合っているようだからな」

「そんな大それた真似はしねぇさ。――ただ、ちょいと気になる噂があってな。本人には確認しづらいが、師匠であるあんたなら何か情報を持っているんじゃないかと」

「気になる噂？」

それは気になるな。あくまでも師匠として。

とってつけたような言い訳は置いといて、フィオナの噂とは一体何だろう。

「一体どんな噂なんだい？」

「彼女の生い立ちについてさ」

「生い立ちだって？」

そこで俺はハッとした。

これはフィオナだけじゃなく、他の子たちにも当てはまる話だ。

……あの教会で育った子どもたちは、それぞれに深刻な事情があった。

込み入った話もあるので俺もみんなの家庭事情については詳しく尋ねることはしてこなかったのだが……ちょっと気になる。

当時、教会で子どもたちの面倒を見ていたエヴェリンから聞いた情報によれば、大半は病気だったり殺されたりで両親を失い、行くあてもなく預けられているケースだった。ただ、両親は健在なのだが諸事情で子育てができなくなり、泣く泣くあの場所へ預けたというパターンの子もいるらしい。

まあ、子どもたちを商品としてしか見ていなかったエヴェリンからの情報なので、信憑性《しんぴょうせい》はかなり低く眉唾物《まゆつばもの》だが、そんな嘘をつく必要もない気はする。

ずっと気になっていたあの子たちの事情を知ることができるかもしれないと、俺はさらなる情報を彼に求めた。

「元師匠としては、その生い立ちっていうのがどういったものか興味があるな」

フィオナ本人には聞こえないよう、小声で男に尋ねる。

「それってどういう噂なんだ？」

「彼女はとある貴族の令嬢《れいじょう》だって話だ」

「き、貴族令嬢？」

これはまたなんとも予想外の展開だ。

そんな身分の子どもがどうしてあんな片田舎の町にある教会に？

家が没落したか、あるいは愛人の子どもだった？

いずれにせよ、本人には聞かせたくない話だ。

——と、思っていたのだが……

「すでに何人かはあの子に聞きに行ったみたいだ」

「えっ!?」

フィオナもその噂話を知っているのか。

「だが、彼女自身も分からないそうだ」

「……そうか」

初めて出会った時、フィオナはまだ小さな子どもだった。教会で暮らし始めたのはそこからさらに数年前って話だったから、記憶に残っていなかったのだろう。

……ただ、そうなってくると気になるのは噂の出所だ。

火のないところに煙は立たない。

必ずそこに至る原因があるはずなのだ。

「なんだってそんな噂が？」

その点を冒険者の男性から聞き出しそうとしてみると、思わぬ情報を得られた。

「実を言うと……会ったことがあるんだよ」

「会った？　誰に？」

「フィオナの父親と名乗る人物だ」

「ち、父親？」

まさかの父親ご本人が登場。

と、いうことは……

「その男性は貴族だったのか？」

「身分を名乗らなかったからハッキリとは分からないが、少なくともあの出で立ちから察するに平民ではなさそうだ」

「フィオナを捜している、と？」

「ああ。そう言っていた。それらしい人物の目撃情報があると現場に駆けつけるらしい」

「場所は覚えているか？」

「大陸の最東端《さいとうたん》にあるコルジン王国の王都だ。昔はそこを拠点にしていろんなダンジョンを攻略していたんでな」

コルジン王国……聞かない名前の国だ。

大陸最東端ってことは、間にウルビア山脈があるはず。アレを越えるのは相当大変だろうから、往来する者が少なく情報が回ってこないのだろう。

でも……貴族の娘、か。

果たして、フィオナを捜しているという人物は一体何者なんだ？

俺が彼女たちを預けた後、ラングトンは可能な限り親御さんの情報も集めようと奔走《ほんそう》してくれたらしい。だが、やはり手がかりになり得るようなものはひとつもなかったという。

幸い、みんな辛い過去を乗り越えて強く成長し、今ではセラノスに欠かせない存在となりつつある。

少し気がかりなのは、フィオナを捜している父親が貴族だという疑惑がある点。

なんだか裏がありそうな気がしてならない。

それに、これは他の子たちにも該当《がいとう》する可能性がある。

エヴェリンの情報ではすでに両親が亡くなっている子がほとんどって話だけど、そもそも彼女は人身売買組織の一員だ。

どこかからさらってきた子どももいそうなんだよな。この辺は一度徹底して調べる必要があるかもな。

――って、ダメだ。

そっちもめちゃくちゃ気になるが、今はアリアーヌの捜索に全力を注がなければ。フィオナの今後については、彼女の安否を確認してからでも遅くはない。

そのフィオナのパートナー魔獣である雪蛇《スノー・スネーク》に続いて、どんどん雪山を進んでいく。

すると、その時だった。

「うん？」

俺は偶然、視界の端の崖《がけ》の上に影を見た。

再び降り出した雪の影響でハッキリと姿を確認することができないのだが、四本脚で立つそいつは動物――いや、魔獣のようだった。

距離がだいぶ離れているため、すぐに襲われるようなことはないのだろうが……なんだか妙な感覚がある。

「まさか……」

一度外した視線を戻すも、すでにその影はいなくなっていた。

……くそっ。

アリアーヌの捜索に全力を注がなければいけないのに、意識を逸らされる事態が続いているな。

ここで落ち着かないと。

「師匠！　来てください！」

深呼吸をした直後、今度はフィオナが大声で俺の名を呼ぶ。雪崩を呼ぶ危険性もあるからと注意していたはずの彼女が、それでも取り乱したかのように大声で呼ぶ理由……相当な大発見があったに違いない。

俺はシロンを連れてフィオナのもとへ急ぐ。

すでに何人かの冒険者が集まっており、彼らは一点を見つめて話し合っているようだった。その視線の先に答えがあると確信して俺も目を向けると、そこには洞窟《どうくつ》があった。

しかも、そこから明かりが漏れている。

誰かがいる証拠だ。

「生存者を発見できた……」

安堵で一度脱力する。

だが、まだ安心はできない。

あの場にアリアーヌがいるかどうか——そこが重要だ。

現在行方不明になっている全員がそこに集まっているかどうかは分からない。特に俺やフィオナにとっては、アリアーヌがいるかどうかが気になるところだ。

他の冒険者たちも、自分たちの仲間が待っているかもしれないと慌てて洞窟に入る。

「大丈夫か！」

「お、おぉ！　助けが来たぞ！」

「ありがてぇ！」

「な、なんとか間に合ってくれたか……」

俺たちが洞窟内へと入っていくと、焚火《たきび》で暖を取っていた遭難者たちが一斉にこちらにやってくる——が、そこにアリアーヌらしき姿はなかった。

「そ、そんな……」

青ざめてその場に座り込んでしまうフィオナ。

脳裏をよぎるのは最悪の事態だが、俺にはどうしても彼女がこの雪山で息絶えたとは思えない。必ずどこかで生きているはずだ。

わずかな可能性を信じて、俺は生存者たちにアリアーヌのことを尋ねようとする。それに気づいたフィオナも、まだ希望は残されていると立ち上がった。

「す、すまない！　ここに二十代前半くらいの若い女性はいないのか⁉」

「とっても美人で優しそうな人なんです！」

洞窟にいた遭難者たちに呼びかけると、すぐに一人の中年冒険者が手をあげる。

「もしかして、アリアーヌのことか？」

「っ！　そ、そうだ！」

「俺たちはその人の仲間だ！　彼女は今どこにいる！」

俺とフィオナの気迫に押され、若干引いている冒険者だが、こちらの必死さが伝わったようで知っている情報を教えてくれた。

「か、彼女は……ここにいたのは間違いない」

「じゃあ、今はどうしていないんだ」

「そ、それは……」

こちらのさらなる追及に、他の遭難者たちの表情が一気に曇《くも》ってしまった。詳細は分からずじまいのままだが、「何も言わない」というその反応だけで、事態が把握できてしまう。

だが、まだ諦められない。

「彼女に何があったんだ？　知っていることは全部教えてくれ！」

最初に声をあげた冒険者へ迫ると、彼は俯きながらも、ここで発生した事態について説明を始めた。

「そ、それが、アリアーヌはまだ行方が分かっていない冒険者を捜すと言って外へ出ていってしまったんだ。ただそいつは、入れ替わるようにここにたどり着いて……アリアーヌだけが戻っていない」

「なっ!?」

今でこそ雪は収まってきているが、ついさっきまで猛吹雪だった。あの状況で外に出るなんて自殺行為以外の何物でもない。

――だが、彼女もまたテイマーだ。

パートナー魔獣が一緒にいるとなれば、生存している可能性もあり得る。

「なあ、フィオナ」

「なんです？」

「アリアーヌのパートナー魔獣って雪の中でも活動できるのか？」

「えっ？　そ、それは……」

　なぜか歯切れの悪いフィオナ。

　まあ、ユキゾーが特別なだけで寒さに弱い魔獣っていうのは結構いるしな。ただ、そうなると救出を急ぐ必要がある。

　俺たちテイマーにとって魔獣とは騎士の剣であり、魔法使いの杖《つえ》に等しい。そんな相棒が活動できない状態で、強力な魔獣の潜んでいる雪山に飛び出したというならかなり危険な状況だ。

　遭難者たちにも彼女が魔獣を連れていたか聞いたが、「魔獣なんて見ていない」という情報しかなかった。

「アリアーヌは魔獣を連れてきてないのか……？」

　しかし、これについてフィオナが否定する。

「いえ、魔獣は連れているはずです」

「だが、他の遭難者たちは見ていないと」

「見ていないんです。見えていないんです」

　ふむ。

　メイが連れている亡霊竜《ファントム・ドラゴン》と似たタイプなのだろうが、どうもそれだけじゃない気がする。

「もう少し詳しく教えてくれ」

「それは――」

「おい！　また天候が荒れてきたぞ！」

話の途中で、同行していた若い冒険者が洞窟の外を指さして叫ぶ。

見ると、さっきまで日が出ていたはずなのに外は薄暗くなっており、風も強くなってきているようだ。

「急いでここから出よう！」

「いや、これほど風が強いなら少し様子を見た方がいい。今はまだ風も雪も弱いが、山の天候はあっという間に変わるからな」

そう語るジェスは、背負っていたリュックをその場に置いた。

ズシッと重量感のある音が響いたけど、何が入っているんだ？

「念のため、暖を取るアイテムや食料は持ってきている。最悪、数日間はこの洞窟内で生き延びることができるはずだ」

どうやらジェスの仲間たちも、いざという時のための備えを持ってきているらしい。

さらにジェスは、吹雪の中でも活動可能な兎《うさぎ》型の使い魔を出し、遭難者の無事と現状を麓に伝えるように指示していた。

「素晴らしい手際だな、ジェス」

「ありがとう。まあ、慣れているからだよ。遭難とまではいかないが、困った事態に陥ったら迅速に行動ができるよう、あらゆるプランを練っておくのは当然のことさ——とりあえず、天候が落ち着くのを待ってから、行動することにしよう。麓に戻る組とアリアーヌを捜しに行く組で分ければいいだろう」

　さすがに経験者は言うことが違うな。

　——だが、俺とフィオナはのんびりと吹雪がやむのを待っている余裕はない。

「俺たちはもう一度外へ出る」

「っ！　危険だ！　せめてもう少し待ってみないか？」

「いや、さすがに待てないよ」

「そういうこと！」

　フィオナとユキゾーはアリアーヌの捜索に出る気満々でスタンバイしていた。

「し、しかし……」

「心配してくれてありがとう、ジェス。だけど、俺たちはあの子を放っておくわけにはいかないんだ」

「俺たちなら平気だよ。ユキゾーもいてくれるしね」

「シャア！」

抱き着いたフィオナに「任せろ！」と言わんばかりに舌を出しながら強い眼差しを向けるユキゾー。

それを見たジェスは、大きく息を吐き、呆《あき》れたような表情で告げた。

「分かったよ。俺たちは外の様子を見て、麓に戻ることにする。お前たちのことはこれ以上は止めない——けど、危険を承知で飛び出していくというなら、必ず生き残って俺たちにまた会いに来てくれ」

「当然だ」

「お土産でも持っていくよ！」

最後に互いの無事を祈って握手を交わす。

さらに他の冒険者たちからも応援の言葉をかけられた。

こうなったら、どう足掻《あが》いてでも生きて帰ってこなくちゃならないな。

吹雪の中に飛び出していったというアリアーヌを捜索するため、俺とフィオナはそれぞれのパートナー魔獣を連れて周辺の調査に乗り出した。

幸い、俺とフィオナが洞窟を出てしばらくしてから、天候は回復しつつあった。

風も弱くなり、視界も良好だ。

「天も俺たちに、アリアーヌさんを捜せって言ってくれているんですよ！」

「そうみたいだな」

それなら最初から雪崩を起こさないでいてくれた方がよかったのだが、さすがに空気が読めなさすぎる発言なのでそっと心の中にしまい込んでおく。

さて、俺たち二人で行う調査だが、基本的には魔獣たちを頼る。

うちのシロンと雪蛇《スノースネーク》のユキゾー。

知らぬ間に仲良くなっている二体を先頭にして、そのあとをついていく。

しばらく歩いていくと、それまで生い茂っていた木々がなくなり、広々とした雪原が目の前に広がった。

「わあぁ……凄いですね」

「うん。幻想的な景色だ」

額縁をくっつけたらそのまま名画になりそうな光景に、俺とフィオナは一瞬心を奪われた。

もっと近くで見ようと近づく俺たちだが、ふとある点に気がついて足を止める。

だが、フィオナはそのまま歩き続けていた。

「フィオナ！　止まれ！」

慌てて声をかけると、彼女は体をビクッと強張らせ、なんとかその場に踏みとどまった。

「ど、どうしたんですか？」

「それ以上前に行くな。ゆっくりこちらへ戻ってくるんだ」

「わ、分かりました……」

恐る恐るこちらへと戻ってくるフィオナの安全を確保してから、俺は近くに落ちていたそこそこ大きい木の棒を手に取り、彼女が進もうとしていた方向へと投げ入れる。

すると、突然地面が崩壊。

一ヵ所が落ちると、他の部分の雪も次々と落ちていった。

「あの一帯は崖だったんだよ。あのまま進んでいたら、今頃どうなっていたか」

「そ、そうですね……ありがとうございます。でも、どうしてあそこが崖になっているって分かったんですか？」

不思議そうに首を傾げるフィオナへ、俺は判断材料を語る。

「目の前は広大な雪原に見えるけど、あっちの方向にはまだあちこちに小さな木が点在しているだろう？　それなのに、あの部分だけ不自然に広い空間となっていて、木が生えていないのは変だと思ったんだ」

「た、確かに……言われてみるとおかしな場所でしたね」

「恐らく大量の雪が降り積もって、あのような天然のトラップを生み出したんだろう」

誰かが意図して仕込んだわけではなく、自然現象によって誕生した罠は厄介だ。

人を貶《おとし》めてやろうという気がないので、どこに仕組まれているのか判断に迷う。

あの崖の雪はわずかに亀裂《きれつ》が入っていたから見極められたが、この先も同じように見破れるとは限らない。

「フィオナ、それにシロンもユキゾーも、足元には十分気をつけるんだ」

「はい！」

「分かった」

「シャー」

みんなの返事を聞いた——直後、俺は何か気配を感じる。

それはさっき出現したあの崖の下からだった。

「なんだ……？」

「師匠？　どうかしましたか？」

「いや、あの崖に何か……懐かしい感じが——」

その直後、雪山に挑む前にクウタが言っていたことを思い出す。

『なんというか、こう……懐かしい感じがするんです』

クウタが感じたという懐かしさと、今俺が一瞬感じた懐かしさは同種なのか……

それを確認するためにも、あの崖の下をのぞき込んでみなくてはと考えた。

「フィオナ……ちょっとあの崖に行ってくる」

「えぇっ!?　き、危険ですよ!?」

さっき自分であれだけ注意したにもかかわらず、そこへ行こうと言い出した俺にフィオナは驚いていた。

もちろん、普段の俺であれば絶対に近づこうなんて気は起きないのだが、今回ばかりは事情が違う。

もしかしたら、今回の雪崩を引き起こした張本人がいるかもしれないのだから。

「シロン、ユキゾー、何かあった時は救助を頼むぞ」

「う、うむ」

「シャー……」

どちらも心配してくれているようで、声にいつもの元気がない。特に人間の言葉を話せるシロンは分かりやすいな。

慎重に一歩ずつ進んでいくが、俺の足は震えていた。

今俺が立っているこの場所でさえ安全とは呼べないのだ。もしかしたらギリギリ踏みとどまっているだけで、ちょっとしたきっかけで崩壊してもおかしくはない。

いつ落下するかもしれない恐怖と闘いながら、俺はなんとか崖の下を見渡せる位置までたどり着く。

そしてそこで、崖の下にたたずむ人影を発見した。

「あそこに誰かいるぞ！」

——迂闊だった。

俺がこう叫んだら、みんな気になって集まってくるに決まっている。

そうなると足場が耐えられなくなって……「ガラッ！」という大きな音を立てながら突如地面が大きく傾く。

「うわっ!?」

「きゃっ!?」

何層にも重なっていて頑丈だったから分からなかったが、どうやら俺の立っていた場所もまた雪の下は何もなかったらしい。

フィオナたちが集まってきた瞬間に、崩れてしまった。

真っ逆さまに落下していくが、思っていたよりも怖さはない。

なぜなら、俺には頼もしい相棒がいるからな。

「主！」

その頼もしい相棒ことシロンは岩壁を駆けおり、先回りして俺を背中に乗せることに成功。そのまま崖の出っ張った部分に着地する。

ユキゾーは突き出した岩に体を巻きつけてからフィオナをキャッチし、なんとか事なきを得た。

「あ、危なかったですね、師匠」

「まったくだ」

俺としては慎重に事を進めていたものの、いざとなったらシロンが助けてくれると信じてはいたけどね。

ひと息ついてから、それぞれの魔獣に乗って崖を少しずつおりていく。そこで時間を食ってしまったため、底に到着する頃には、発見した人影は消え去っていた。

「見失ったか……まだそれほど遠くには行っていないと思うんだけど」

「そうですね——あっ！」

突然、フィオナが声をあげる。

振り返ると、彼女は地面を指さしていた。

「見てください！　これ、足跡じゃないですか!?」

「本当だ……だが、待てよ」

フィオナの言うように、雪で覆われた地面には足跡がくっきりと残っている。

ひとつは間違いなく人間のもの。恐らく、さっきまでここにいた人物のものだろう。

ただ……もうひとつはどうも違うようだ。

かなり大きい魔獣のものと思われる。

このサイズだと、足跡の主は少なく見積もっても三、四メートルはありそうだぞ。

「一体……何があったんだ？」

ますます深まる謎を解明するため、俺たちはこの足跡を追ってみることにした。

さっきまで味方をしてくれていた天候だが、ここでまた少し荒れ始めた。

これ以上深入りをすれば、後戻りはできなくなるかもしれない。

それでも、誰一人足を止めなかった。

アリアーヌが近くにいると確信している俺たちには、もう進むしか道はない。

雪が降り注ぐ光景と風の音。

それ以外に何もなかったはずだが、ついに異変を捉えた。

「む？」

「あっ」

俺とフィオナは同時に声をあげる。

きっと、フィオナも気づいたのだろう。

それは――音だ。

何かがぶつかり合うような音が、先の方から聞こえてくる。

この音は……聞き覚えがあるぞ。

「誰かが戦っているようだな」

「この足跡の主たちでしょうか」

「……行ってみれば分かるよ」

「ですね」

フィオナと短い会話を終えた後、俺たちは慎重に音の方向へと進む。

念のため、ユキゾーには深く積もった雪の下を潜りながら先行してもらっている。

極力音を立てずにゆっくりと近づいていくが……戦闘しているのがアリアーヌだとすれば、実力からしてとっくに気づかれているかもしれないとフィオナは言っていた。

しばらくすると大きな岩場へとたどり着き、そこへ身を潜めながら周囲の様子をうかがうことにした。

すると、木々のない開けた空間で、一人の女性と魔獣が戦っているのに気がついた。

その剣を振るっている女性こそ――

「アリアーヌ……」

小声でその名を呼んだ。

間違いない。

すっかり大人になっているものの、当時の面影がわずかだが残っている。

「どうやらパートナー魔獣とともに、魔獣と戦っているようですね」

フィオナはアリアーヌが生きていたという事実にホッとした様子を見せつつも、現状を冷静に分析していた。

アリアーヌはパートナー魔獣とともに戦っているとフィオナは言っているんだが……肝心の姿が見えない。

しかし、気配だけは確かにその場から漂っている。

――と、次の瞬間、「ガギン！」という金属同士がぶつかり合うような音がこだました。

「な、なんだ？　何が起きているんだ？」

「恐らく、相手の魔獣の動きが速すぎて目で追えないんです。……でも、アリアーヌさんはその攻撃を全部綺麗《きれい》にさばいているみたいですよ。俺には不可能な芸当です」

「な、何？」

名のある冒険者のフィオナでさえできないことを、アリアーヌは涼しい表情でこなしている。

だが、なぜだ？

アリアーヌは確かに才能豊かな子ではあったけど、身体能力に関してはフィオナの方がずっと上だった。というより、戦闘の実力で言えば、八人の中では、読書家で大人しかったメイの上くらいって順位だったはず。

だが、彼女は間違いなく自分の力で戦っている。

相変わらずパートナー魔獣の姿は見えないが、手にした剣で超スピードの魔獣を相手に互角の戦闘を繰り広げている。

あそこまでやれるなら、正直パートナー魔獣がいなくてもなんとかなるんじゃないか？

何もかもが不明の状況であったが、彼女の戦い方を見続けている間に、ある仮説が頭に浮かび上がった。

「もしかして……」

「えっ？　どうしたんですか？」

「何か分かったのか、主よ」

「いや、確かにアリアーヌって本来は鍛冶職人なんだよな」

「え、えぇ、王都では評判ですよ」

……となると、やっぱり俺の予想は正解なのかもしれない。

ていうか、さっき正解をフィオナから聞きそびれていたんだった。

「フィオナ……アリアーヌが連れている魔獣の正体が分かったぞ」

「あっ！　そういえばまだ教えていませんでしたね！」

　忘れていたようだが、それはもう関係ない。

　一方、シロンはまだ気づいていないらしく、目を凝らしてアリアーヌの戦いぶりを観察しているが、ついにギブアップ。

「一体どこにいるというのだ？　そもそも戦っているのは彼女だけではないか」

「本当に彼女だけだと思うか？」

「何っ？」

　シロンはキョトンとした表情でこちらを見つめる。

　俺自身、最初はもしかしてと疑ったが、さすがにもうあの可能性しかないよな。

　アリアーヌのパートナー魔獣は姿が見えなかったわけじゃない。そもそも隠れてなかったのだ。きちんと最初から、パートナー魔獣はそこに存在していた。

「なるほど……そういうことだったのか。アリアーヌのパートナー魔獣は——彼女が手にしている剣だろ？」

「せ、正解です！　よく分かりましたね！　俺も詳しいことは知りませんが、あの剣がアリアーヌさんのパートナー魔獣です」

俺も最初はまさかと思った。

しかし鍛冶職人の中には、武器に命を吹き込めるという、まさに神業《かみわざ》と呼ぶべき技術を持つ者がいると聞いたことがある。

アリアーヌは王都でも屈指の鍛冶職人という評判だし、何より教会で育った子どもたちが軒並《のきな》みとんでもない実績をおさめていることを考えれば、それくらいのことはできそうだという予感があった。

……しかし、まさか本当にそうだったとは驚きだ。

というか、その場合はテイムっていうのかな？

一応、契約は結んでいるからテイマーとパートナー魔獣の関係性は成立していると言えるんだけど……まあ、それなら深く考えなくてもいいか。実際、アリアーヌと魔獣は息ピッタリで戦えているわけだし。

アリアーヌの凄さに感心していた俺だが、今は戦闘中だったというのをすっかり忘れていた。

というか、そのアリアーヌを苦戦させるなんて、相手の魔獣もかなり強いな。

ここは援護に回った方がよさそうだ。

「アリアーヌ！」

「えっ!?　バ、バーツ先生!?　それにフィオナまで!?」

しまった。

焦るあまり迂闊に声をかけてしまった。そのせいでアリアーヌに隙が生じてしまい、相手魔獣はこの絶好の機会を逃さず襲いかかってくる。

――だが、うちの魔獣がミスをカバーしてくれた。

「させんぞ！」

シロンとユキゾーが飛び出し、襲いかかろうとしていた魔獣に体当たりをかます。

こっちもスピードを生かした攻撃が得意というだけあり、華麗な動きを披露《ひろう》してくれた。

「助かったよ、シロン」

「まったく。らしくないぞ、主よ」

「面目ない……」

パートナー魔獣にお説教を食らうとは。しかし、さっきのは言い訳の余地もなく状況を見誤った俺が全面的に悪い。

俺は謝罪するためにアリアーヌに駆け寄った。

「怪我はないか、アリアーヌ」

「わ、私は平気です」

さすがのアリアーヌも困惑しているようだが、すぐに切り替えて戦闘に意識を戻す。

だが、すでに魔獣の姿はなかった。

増援が到着したと思って逃げたのかと思ったが……違う。

ヤツの気配はまだ近くにある。

岩場の陰に隠れて機を待っているのだ。

「人数が増えてもお構いなしってわけか……一体何と戦っていたんだ？」

「大型の魔獣ですが、詳細は分からず……私とこの子だけでは相手のスピードに対応できません。ここは戦闘にご協力ください」

「任せろ」

「俺もいますよ、アリアーヌさん！」

「えぇ。期待していますよ、フィオナ」

そう言って微笑むアリアーヌ。

子どもの頃と変わらない、温かみのある笑顔だった――が、すぐにその穏やかな雰囲気と似つかわしくないパートナー魔獣が視界に入り込む。

あの剣……一体どんな能力を持っているのだろう。

フィオナも詳しくは知らないと言っていたが……

以前、ノエリーは自分以外の弟子もテイマーとなっており、おまけに全員がSランク魔獣をパートナーにしていると言っていた。

となると、アリアーヌの連れているあの剣型魔獣もそれに匹敵する実力を秘めているということになるな。

同じテイマーとして非常に興味をそそられるが、ここは彼女の言うように、まずは目の前の敵を蹴散らしてからにしよう。

こちらに数の利があるため、優位に立っていると思っていたが、状況はそう簡単なものではないだろう。

まず、相手は雪山という環境に慣れている。

でなければ、足元の悪いこの状況下であのようなすばしっこい動きはできないだろう。

地の利は向こうにある。

これは戦闘を行う上で非常に不利な状況と言えるのだが……こちらにはSランク魔獣をパートナーにする優秀なテイマーが二人もいた。

「ユキゾー！」

「シャーッ！」

先手を取ったのはフィオナだった。

雪蛇《スノー・スネーク》のユキゾーは再び雪の中に潜っていき、ついにはその巨体がまったく見えなくなる。さすがは雪国育ち。こちらも雪上での戦いはお手の物だ。

とはいえ、ユキゾーだけに任せてはおけない。

「シロン、おまえも行くんだ」

「分かっている！」

すでにユキゾーと仲良くなっているシロンならば、うまく連携を取れるだろう。

敵は岩場の陰からこちらの様子をうかがっている。

かなり慎重なタイプみたいなので、ユキゾーとシロンがプレッシャーをかけて外へ弾きだそうという作戦を取った。

あとはアリアーヌの魔獣だが……その性質上、この場を自由に離れて戦うことは――

「なっ⁉」

振り返った俺は思わず叫んだ。

彼女のパートナー魔獣は、手にしている剣。

つまり、アリアーヌ自身が接近して戦わなければならないのだが、なんとその剣は彼女の手を離れて普通に浮いていた。

「そ、そいつは単独で戦うこともできるのか⁉」

「はい。本来はこっちの方が得意なんですよ」

「さすがはアリアーヌさん！」

フィオナは興奮気味に眼を輝かせているが……これもまた凄い技術だな。

「武器に命を吹き込んでテイムする」という手法は、まさに神業だが、過去に例がないわけじゃない。

ただどの例でも、テイマー側が武器として使用するというのが基本スタイルとなっていた。

それじゃあ普通の武器と変わらないじゃないかと思われがちだが、命の宿った武器とそうでない武器の違いは大きい。

意思の疎《そ》通《つう》がしっかり取れて、おまけに魔力をまとっている分、破壊力上昇などの付与効果もある。

アリアーヌはこの神業を行えるだけでなく、武器型魔獣を単独で戦わせられるまでに昇華している。

つまり、武器型魔獣が自律的に行動するため、たとえばアリアーヌ本人が対応できない攻撃も、魔獣自身が反応して防ぐこともできるのだ。

まさかアリアーヌがここまで高度な技術を使えるとは……

当の本人は平然としているけど、これって何気にヤバいよなぁ。

単体での戦闘力はノエリーの鋼鉄魔人《アイアン・レイス》やメイの亡霊竜《ファントム・ドラゴン》の方が上かもしれないが、テイマーとしての実力だけでいえば、アリアーヌがこれまで再会した弟子の中でトップだろう。

「こいつ！」

「シャアアアアアアッ！」

アリアーヌの武器について考えていると、二体の魔獣の声が響く。

スピード自慢のシロンとユキゾーがコンビを組んで追い詰めるはずだったが、相手はさらにその上をいっているようだ。

「まさか、翻弄しようとしていた相手に逆に翻弄されるとは……」

「な、なんてスピードなの……ユキゾーが追いきれないなんて……」

数多のダンジョンで戦果を挙げてきたフィオナでさえ、このような展開は予想外だったらしい。

まあ、俺も同じなんだけどな。

それにしても……相手の魔獣は一体どんなヤツなんだ？

速すぎて姿が見えないし、何よりなぜ俺たちを狙ってこない？

正直、シロンたちを相手にするよりずっと隙だらけだと思うのだが……もしかして、アリアーヌの魔獣を恐れている？

「そういつまでも好き勝手にやれると思うな！」

ここでシロンが反撃に出る。

動きにフェイントを入れて相手を惑わせ、それによって生じた隙を見逃さずユキゾーが全身で相手に巻きつく。

これで、相手魔獣の正体がハッキリと分かるはずだ。

「でかした！」

俺たちはその正体を確かめようと近づくが、相手は必死に暴れており、Sランク魔獣であるユキゾーの力をもってしても苦戦を強いられている。これではなかなか近づけない。

――だが、俺は妙な感覚に陥っていた。

「あれ？　なんだ、この感じは……」

目の前には獰猛《どうもう》な魔獣がいるのに、心の奥底からなぜか懐かしさが込み上げてきた。

クウタの時と全く同じだ。

俺がまだ教会で孤児だったアリアーヌやフィオナたちにテイマーとしての心得を説いていた頃の仲間たち。

当時一緒にいた魔獣は、残り三体。

目の前の魔獣は、やはりそのうちの一体なのだろう。

だとすれば、雪山という過酷な環境下でも暮らしていけそうな魔獣といえば――やっぱりあいつしかいないじゃないか。

「タマ——なのか？」

声をかけた瞬間、ユキゾーに巻きつかれていた魔獣の動きが止まる。

その名を耳にしたアリアーヌとフィオナが、驚きに目を丸くしてこちらへと振り返っていた。

無理もない。

彼女たちもタマを知っているが、俺が一緒にいた頃のタマはここまで大きくはなかった。まだ子どもということもあって、せいぜい五、六十センチくらいだったからな。

俺自身、最初は半信半疑だった。

だが……やっぱり……そうだったのか。

「タマなんだな!?」

「ご、ご主人……？」

戦意を失い、暴れなくなったことでユキゾーは体を離してタマを自由にしてくれた。

おかげでようやく全貌を確認できる。

澄《す》んだ青い双眸《そうぼう》や全身が真っ白かつふかふかな体毛で覆われている点は昔と変わらない。だが、獰猛さの象徴とも言うべき二本の長い牙が口の端から飛び出していて、さらにその体長はゆうに五メートルを超えていた。

クウタもそうだが、その圧倒的な成長ぶりに思わず言葉を失った。

教会に通ってみんなにテイマーとしての心得を教えていた時は、俺の肩に乗るくらい小さかったのに。それと、あの頃はてっきり猫だと思って接していたんだよなぁ。

「お、おまえ、そんなに大きくなっていたのか」

「ええ。白虎《ホワイト・タイガー》になりました。ご主人は随分と老けましたね」

「当たり前だろ。最後に会ったのが何年前だと思っているんだ……って、白虎《ホワイト・タイガー》!?」

白虎《ホワイト・タイガー》は魔獣を超えた神獣に属する。つまりクウタと同じというわけだ。

「いや、そんなことより……」

俺はたまらずタマへと抱き着く。

おぉう……これだ。

このもふもふの感触は昔と変わらない。

当時はまだ小さかったので頬《ほお》ずりするくらいでしか味わえなかったが、今ではそれを全身で堪能《たんのう》できる。このまま寝入ってしまいそうだ。

「えぇっと……師匠？」

「――はっ!?」

フィオナに声をかけられてようやく我に返る。

静かにタマから離れ、「コホン」とわざとらしく咳払いをして話し始める。

「久しぶりだな、タマ。元気そうで何よりだ」

「ご主人も」

改めて抱き合い、それから初顔合わせとなるシロンや、当時顔を合わせてはいるが魔獣の知識がなかったアリアーヌとフィオナのため、軽く説明をすることにした。

タマは当時、氷猫《アイス・キャット》と呼ばれる種族で、その名が示す通り氷系の技を駆使《くし》して戦っていた。

クウタが偵察専門だったのに対し、タマは前線で魔獣と激闘を繰り広げていた。

しかし、当時のタマは五、六十センチくらい大きさで、町を歩けば子どもたちが寄ってきて撫《な》で回すくらい、とても愛くるしい容姿をしていた。

そのため、教会に行った際はミネットやメイあたりにめちゃくちゃ可愛がられており、よく懐いてたもんだ。

それが今では白虎《ホワイト・タイガー》なんだからなぁ。

あらゆる物を凍らせてしまえる冷気を全身から放ち、おまけにシロンやユキゾーさえも捉えるのに苦労する超スピード。

なぜそこまで強くなれたのか――アリアーヌと合流できたので下山しながらそれを聞くと、タマはニコニコしながら答えてくれた。

「ご主人との契約を解除してからは、ずっとこの雪山で暮らしていたんです。それでも、いつかまたご主人と旅する日を夢見て鍛錬を積んできましたが……まさか本当にまた会えるなんて、信じられません」

嬉しそうに語るタマ。

やはりタマもまたクウタと同じような生活を送っていたようだ。

クウタのことを告げると、タマは「クウタならやりかねませんね」と笑う。

ちなみに、さっきアリアーヌとフィオナにタマのことを説明した際、タマも自分が戦っていたのが彼女たち二人だということにめちゃくちゃ驚いていた。

「人間の成長は速いと聞いていましたが、まさか短期間でここまで変わるとは……」

「寿命の長いあなたたちにとって、十三年は一瞬にも等しいでしょうからね」

「ああ。俺たち人間の基準なら、子どもから大人になるくらい長い時間だしな……それにしても、タマだって物凄く変わってるじゃないか」

こちらも久しぶりの再会に会話が弾んでいたな。

そんな先ほどのシーンを思い出しながら、俺はふと思いついたことをタマに聞く。

「なんでタマとアリアーヌは戦っていたんだ？」

その質問に、タマとアリアーヌは答えてくれる。

雪崩が魔獣によって引き起こされたと推理していたアリアーヌは、その原因を突き止めに出て、タマを見つけた。

一方、タマはタマで雪崩の発生原因を探している時に偶然アリアーヌと出くわす。

――で、二人は気づくと戦闘状態になっていたらしい。

アリアーヌは物静かで冷静なんだけど……意外に喧嘩っ早いところがあるからな。

今ではもうわだかまりはなくなったようで何よりだ。

そんなタマに、ノエリーやミネットたちも元気に王都で暮らしていると聞かせると、ぽつりと呟く。

「また会ってみたいなぁ」

「会えばいいじゃないか。案内するぞ」

「い、いいんですか？」

意外だって感じのリアクションだが、それくらい別にいいだろう。

「きっとみんな喜ぶよ」

「はい！」

こうして俺たちに、新しい仲間が加わった。

そうと決まれば、さくっと再契約を済ませる。

クウタに続いて昔の仲間とまたパートナーとしての契約を結べるなんて……と浮かれていたのも

束の間、徐々に天候が崩れ始め、また雪も降ってきた。

「これは吹雪になりますね」

「しょうがない。今日はここでキャンプだ。——フィオナ」

「お任せ！」

大きなリュックを背負うフィオナはその中から折り畳み式の簡易テントを取り出す。

こいつは緊急用の物で、その辺に放り投げればあとは勝手に組みあがっていくという、魔力を織り込んだ特注品。念のためにと、ティオグが持たせてくれたアイテムだ。

「こんな便利なアイテムを用意してくれるなんて、さすがはティオグですね！」

「あ、あぁ……」

そういえば、ティオグはやたらフィオナを気にかけていたな。あれは恋愛感情というよりもあぶなっかしい娘を心配するお父さんって感じだった。いや、どちらかというとお母さんっぽいな。

ともかく、まるでこのような状況を想定していたかのようなティオグの計らいにより、迫りくる吹雪をしのぐための本拠地はものの数秒で完成した。

「そういえば、タマはどうする？　テントに入れるか？」

「もちろんです！」

俺が尋ねると、タマの姿は見る見る小さくなっていき、かつてとそう変わらないくらいの大きさになった。

「おお！　タマも小さくなれるのか！」

「これなら一緒にテントに入れますよね！」

さて、これでタマも一緒にテントには入れることになったが……対策をしないと、強風が吹くとあっという間に飛ばされてしまう。

そこで登場するのが寒さにはめっぽう強い、雪蛇《スノー・スネーク》のユキゾーだ。

すでにフィオナはこの後どうするべきかを分かっているようで、俺が声をかけるよりも先に指示を飛ばしていた。

「ユキゾー、吹雪に負けないよう、その体でテントの周りを囲みなさい」

「シャー！」

俺たちは先にテントへと入り、その周りをユキゾーの大きな体が覆っていく。

これで強風が吹こうがテントは無傷のままだし、何より寒さをしのげる。外にいるユキゾーは、この程度の寒さはむしろ心地いいくらいの感覚らしいので本当に大助かりだ。

「フィオナのパートナー魔獣がユキゾーで本当によかったよ」

「ですよね！　俺もユキゾーが大好きです！」

「シャー……」

テントの外から聞こえるユキゾーの鳴き声……あれは間違いなく照れているな。

とりあえず、これでしばらくは大丈夫だろう。

あとはリュックの中から食料を取り出して、それからは思い出話でもしていこうか。

「しかし、驚いたよ。まさか君が王聖六将の候補になっているなんて」

「最初はお断りしようと思っていたんですが、バーツ先生が戻ってこられるとティオグから聞きまして、それならやってもいいかな、と」

俺がいるかいないかで、協力することを決めたのか。

「でも、俺が昔のままでいるとは限らないだろう？」

「それはあり得ないと思っていました。きっと先生は、私たちに生きる希望を与えてくださった頃と何らお変わりがないだろうと信じていたのです」

「そ、そうだったのか」

相変わらず弟子たちの評価が高すぎるんだよなぁ。

まあ、信じてくれていたというのはとてもありがたいし、悪い気はしない。

これから王聖六将としてセラノスで活動していくなら、これからもみんなの師匠あるいは先生としてしっかりやっていかなくちゃな。

それから、新しく加わったタマだ。

「タマもまさかクウタと同じ神獣になっていたなんてな」

「魔獣から神獣へ進化するにはかなり苦労しましたからね……でも、クウタも頑張ったんですね。さすがです」

普通の魔獣から神獣となった身として、クウタの大変さがよく分かるのだろう。

ユキゾーのおかげで吹雪の影響をまったく受けず快適に過ごせることもあって、俺とアリアーヌとタマはそれぞれ会えなかった時間を埋めるようにたくさん話をした。フィオナも久しぶりに会うアリアーヌと近況報告で盛り上がる。

そんな中、俺はアリアーヌのパートナー魔獣が気になった。

最初はアリアーヌが直接手に持ってタマと戦っていたが、後半の方は剣自らが勝手に動いて、アリアーヌを守るようにして戦っていた……これまでにないタイプの魔獣だ。

視線を少し動かすと、その剣が目に入る。鞘《さや》に収められている今の状態は本当に普通の剣だ。

興味の湧いた俺はアリアーヌから許可をもらい、手に取ってみた。

「凄いな……こうして間近で見ても魔獣とは思えない」

「この子はかなり特殊ですからね」

「ひょっとして、剣以外の武器もパートナー魔獣として契約しているのか？」

「他の子たちはまだですね。でも、いずれはあらゆる武器を魔獣化してテイムしたいと考えています」

そうなったら凄いな。

状況に応じて魔獣化した武器を使い分ける……かなり限定的ではあるが、これは新時代のテイマーの姿かもしれない。

「普通の剣としても運用できるし、いざとなれば武器が自分だけで戦える。これは奇襲にもってこいだな」

「えっ？」

「確かにこの子は意表を突いた戦い方が得意ですが、それだけじゃないんですよ？」

「この子にはまだまだ秘密があるんです」

そう語りながら優しく鞘を撫でるアリアーヌ。

まるで自分の子どもを可愛がる母親のようだ……って、鍛冶職人にとっては自分で作った武器や防具は子どもも同然か。

「まだまだ強さを秘めているとは、頼もしい限りだな」

「ご主人！　俺の実力だってまだまだあんなものじゃないですよ！」

グリグリと頭を押しつけながら主張するタマ。

そういえば、これが癖だったな。

今はあの頃と変わらないくらいのサイズなので可愛い行為だ。

でも、元のサイズであまり力を入れてやられると、こちらの首がねじ切れそうで怖い。さすがにその辺の力加減は心得ているんだろうけど。

こうして新しい仲間を加えた俺たちは、吹雪の夜を楽しく過ごしたのだった。

第七章　みんなで帰ろう

吹雪の夜を越え、朝を迎えた。

テントを守っていたユキゾーが離れ、俺たちは外へ。

「おぉ！　見事に晴れたな」

「まるで昨日の吹雪が嘘みたいですね」

俺とアリアーヌは体を伸ばしながら澄んだ空気をめいっぱいに吸い込んだ。

昨日の天候の荒れ具合から察するに、恐らくジェスたちも洞窟内にとどまっただろうが、もうすでに村に向けて出発しているだろう。

今から彼らを追いかければ、それほど時間がかからず合流できるかもしれない。

「急ごう。今ならまだ間に合うぞ」

「はい。ユキゾー、道案内よろしくね」

「シャー！」

「タマも協力してくれ」

「もちろんです！」

雪山を得意とするユキゾーとタマに先行してもらい、急ぎながらも安全を確保しながら進んでいく。

頼もしい仲間が増えたのは喜ばしいが、俺にはまだひとつ気がかりな点があった。

それは——あの雪崩を起こしたと思われる魔獣の存在。

てっきりタマが原因だったのかと思っていたが、昨日の口ぶりだと、他に原因がいるようだ。

となると、下山するまではまだ油断できない。

もちろん、ここから急に天候が崩れてくるかもしれないので、最初から気持ちを切らさず進まなくてはいけないのだが、やはり安堵感で無意識に隙が生まれてしまう恐れもある。

気を引き締めながらジェスたちとの合流を目指す俺たち。

すると、先行していたタマが戻ってきた。

「ご主人、麓を目指して進む大勢の人間を発見しました。すでにユキゾーが合流していて、彼の情報によると一緒に山へ入ってきた救助の者たちみたいです」

「本当か!?」

どうやら俺たちは知らない間にジェスたちのすぐ後ろに迫っていたようだ。

「こっちです。今ならそれほど時間をかけずに合流できるはずです」

「分かった」

タマの道案内で進むこと数十分。

真っ白な雪原に浮かぶ複数の人影を発見する。

「あれは……間違いない！　ジェスたちだ！」

ついに救助隊のメンバーを視界に捉えた。ここで大声を出すとまた雪崩が起きるかもしれないので、まずはタマが知らせに向かう。

いきなりの巨大虎の登場にメンバーたちは驚いたようだが、人間の言葉を話せるのですぐに誤解はとけたようだ。この辺も強みだよなぁ。

その後、俺たちもなんとか追いつき、全員での下山を目指す。

「昨夜の吹雪は大変だったろう？　こちらは人数がいたからいろいろとやれたが、君たちは三人だけだったし」

心配そうに尋ねてくるジェス。

彼の言うように人手としては三人だったが、俺たちには一体だけで人間百人以上の働きをしてくれる頼もしい相棒たちがいる。

「うちの魔獣たちがよくやってくれたからね。彼らがいなければ、俺たちは今頃積もった雪の下にいただろうな」

「なるほど……確かに、どのパートナー魔獣も頼りになりそうな面構えをしているよ」

まもなく麓に到着すると分かり、浮かれているシロン、ユキゾー、タマを見つめながらジェスが呟く。

こうして、お互いに合流を喜び合いながら再び歩き出す。

それにしても、誰一人欠けることなく遭難者の救助に成功し、おまけに参加した者たちもみんな無事とはね。まさに理想的な大団円と言えよう。

だが、まだ油断してはいけない。

ダンジョン探索もそうだが、こういうのは最後まで何が起こるか分からないのだ。

「もうじき麓につくぞ」

先頭を行く俺がそう告げると、みんな静かに喜んだ。

喜び方が大人しいのは、雪山を歩き続けたことによる体力の消耗って理由はあるのだろうが、ここで下手に大騒ぎをしてまた雪崩が発生したら目も当てられないからな。

慎重にゆっくりと進みつつ、魔獣の襲撃がないか辺りも入念にチェックしていく。

そして、ついにその時を迎えた。

「――見ろ。村が見える」

静かにジェスがそう告げる。

ようやく麓の村が目視できる距離まで来られた。

それでもまだ距離はあるので、油断せず最後まで注意を怠らずに進もう。

「「――む？」」

その矢先、タマとシロンが同時に反応し、同じ方向へ目を向けた。

これは完全に何かを発見したな――それも歓迎しないタイプのヤツだ。

放っておくわけにはいかないので、何を発見したのか尋ねてみる。

「どうかしたのか？」

「主よ。どうやら最後の難関が待っていたようだ」

「そのようだね」

「……うん。まあ、予想通りだよ」

できれば俺の思い違いであってほしかったが、どうもそうじゃないらしい。大きく息を吐いてから、シロンの語る難関とやらをチェックする。

現在地は、周囲に遮蔽物《しゃへいぶつ》のない雪原。

少し離れた位置に木々が密集する森があるのだが、どうもそこに何かが潜んでいるらしいというのがシロンたちの見解だ。

俺はすぐにジェスたちにも状況を報告。

麓が間近に迫る中での急襲に動揺を隠せない様子であったが、すぐに切り替えて迎撃態勢を取る。

このまま走って逃げたところで、すぐに追いつかれるのは目に見えていた。

雪上での戦いは向こうに地の利があるはず。

シロンやタマの背に乗って移動すれば速いのだろうが、全員を一度に乗せて運ぶのは不可能だ。

それならば、ここで倒すしかない。

それに……恐らく森に潜んでいるのは話に出ていた魔獣だろう。タマは山に入ってくる人間とのかかわりを避けていたようだから、以前目撃されたのは別種。そいつが今まさに俺たちを標的にしているのだ。

全体が緊張に包まれる中、俺は雪原にある違和感を覚える。

「なんだ……あそこだけ妙に雪が盛り上がっている……？」

目を凝らさなければ分からないほどの些細な変化ではあるが、実はそれこそが大きな偽りを隠すための偽装であるケースは少なくない。

注意深くその場所を凝視していると、わずかに雪が動いた。

間違いない。

あの雪の下に魔獣が潜んでいる。

「みんな！　敵はあそこだ！」

大声で伝えると、全員が一斉に俺の指さした方向を見た。

襲撃する前に居場所がバレたことで相手が怯み、そのまま退いてくれたら――という考えは甘かった。

こちらに気配を悟られたと気づいた魔獣は、隠れての接近を諦めたのか、雪の中からその正体を現した。

「あれは氷蠍《アイス・スコーピオン》!?」

冒険者時代に話だけは聞いたことがある。

雪の中を移動し、巨大な二本のはさみと毒針を駆使して獲物を捕らえる、獰猛な肉食の魔獣。おまけに体長はタマよりも大きく、並の人間では一瞬でエサとなってしまう。

……だが、なぜだ？

なぜヤツがここにいる？

身体的な特徴に関しては、あの時に俺が耳にした情報と同じ。だが、当時の情報と異なっている点がある。

それはこいつが出現した場所だ。

氷蠍《アイス・スコーピオン》の生息域は、もっと標高の高い場所のはず。だから雪山に入り込んでも出くわすケースは滅多にない。それがどうして、こんな麓に近い場所で……一体こいつはここで何をしているんだ？

――待てよ。

前にもこんな状況はあったな。

あれは確か……フィオナと再会した際に遭遇した猿人型魔獣。

いや、それだけじゃない。

交易路に居座っていた狼型魔獣。

いずれも普通ではあり得ない場所に存在していた。

あの時は裏で魔獣を操っている黒幕の存在を疑ったが……今回もそうなのか？

俺がそう考えていると、他の者たちもあり得ない場所に出現した魔獣に驚き始めていた。

「ヤバい！　氷蠍《アイス・スコーピオン》だ！」

「なんであんなヤツがここに⁉」

「生息場所は標高の高いところじゃなかったのか⁉」

「い、いいから逃げろ！」

「捕まると食われるぞ！」

周囲は一気にパニックに陥る。

本来であれば出くわすはずのない存在だから無理もないが、また雪崩が起きるかもしれないし、絶叫は控えてもらいたい。

――まあ、そんなこと言っていられる状況じゃないか。そもそもあいつに食われてしまったら、雪崩もクソもないからな。

こちらの戦闘準備が整うよりも先に、氷蠍《アイス・スコーピオン》は俺たちに狙いを定めて一気に距離を詰めてくる。

「くっ！」

助けようにも相手の動きが速すぎる。

おまけにあいつ……負傷している集団だけを的確に狙っていた。これだけの人間がいながらも、その中で特に動きの鈍い者たちだけを厳選して襲うつもりなんだ。

間違いなく通常種よりも頭が切れる。

すると、俺の横を猛スピードで何かが通過していった。

「ここは俺にお任せください！」

飛び出したのはタマだった。

「ヤツとはここで何度か会ったことがあります！　荒々しいところもありますが、説得をしてみますので！」

タマが氷蠍《アイス・スコーピオン》に挑んでいく。

本能のままに行動する魔獣では説得のしようがないのだが、タマはこの氷蠍《アイス・スコーピオン》と何度か会ったことがあるということだから、性格も把握しているのだろう。

果たして、うまくいくのだろうか。

いずれにしても、タマの性格からして、なんの勝機もなく挑んでいくとは思えない。

魔獣って種族は本能に忠実で、そういった交渉ごとには応じないのが基本だが、それでも説得に応じる可能性があると判断したから突っ込んでいったのだ。

それに気づいた氷蠍《アイス・スコーピオン》は、接近を許さぬよう大きなふたつのハサミを振り回す。タマはそれを器用にかわしながら何度も声をかけている。

今のところは特に変化は見られないが……仮に説得が失敗に終わったとしても、それは決して無駄ではない。

現に、態勢を整える時間はしっかり稼げている。

「動ける者は負傷者をカバーするんだ！　魔獣から少しでも距離を取ればタマが戦いやすくなる！」

「よ、よっしゃ！」

「いくぞ！」

「フィオナ、私たちも行きましょう！」

「当然！」

ジェスをはじめとする冒険者たちに加えて、アリアーヌとフィオナも救助に向かう。

氷蠍《アイス・スコーピオン》がこちらに標的を変えてきてもしっかり対応できるよう、ユキゾーがしっかりと護衛役を果たしてくれている。

おかげで救助している者たちにも安堵感が生まれ、作業は手早く進んでいく。

負傷者を優先して安全圏まで逃がせば、あとは頃合いを見計らって俺たちも戦線を離脱すればいい。仮に麓までついてきたのなら、クロスとクウタもいるし。

「もう少しだ。もう少しで全員の避難が終わるぞ」

「なら、俺たちも離脱の準備を始めよう。タイミングを見てタマにも戻るよう指示を出す」

「了解だ」

ジェスと今後の動きについて確認を取った後、俺は説得中のタマへと視線を送る。

「どうしたというのだ！　おまえは他の同種とは違って、むやみやたらに人を襲うようなヤツではなかったはずだろ！」

必死に説得を試みているが、成果はいまひとつのようだ。

しかし……待てよ。

きちんとした会話ができるということは、あの氷蠍《アイス・スコーピオン》はテイムできる魔獣なんじゃないのか。

ノエリーのパートナー魔獣である鋼鉄魔人《アイアン・レイス》ほどではないが、ランク的にもAに匹敵するだろう。

うちにはいないパワー特化の魔獣だし、仲間になってくれることがあれば頼もしい。

とにかく、調べてみよう。

テイマーには、魔獣をテイム可能かチェックするための能力もある。

これは遠くにいるパートナー魔獣を呼び寄せる召喚術と似たようなもので、以前新人のテイマーたちに森でテイムの仕方を教えた時にもこっそり使用していたのだ。

念のため、あの氷蠍《アイス・スコーピオン》をテイムできるかどうかをチェックしてみたのだが……結果は予想外のものだった。

「ど、どういうことだ……」

まさかの事態に俺は動揺する。

まず、あいつが通常の魔獣ではなくテイム可能な魔獣であるというのは判明したのだが、なぜかテイム自体はできないという。

魔獣とテイマーの契約については、これまで何度もやってきた。

こちらが魔力で契約を促すと、それに対して魔獣から拒否化受け入れかのアクションが返ってくる。場合によっては強制テイムという手段もあるが、魔獣との信頼関係を重んじるテイマーが多い中で、それは外道《げどう》扱いとされている。そもそものような関係性では長続きはしないだろう。

あの氷蠍《アイス・スコーピオン》とはゆっくりと時間をかけて信頼関係を築くことも考えていたが……そもそもテイム自体ができないとは。念のため契約のための魔力放出を行い続けてはいるものの、まったく手応えがない。

この現象から分かるのは……氷蠍《アイス・スコーピオン》がすでに別の者と契約をしているということだ。

「師匠！」

「先生！」

「バーツ！」

しばらくすると、負傷者を逃がし終えたフィオナ、アリアーヌ、そしてジェスたち冒険者たちが合流。

集まってきたみんなに、俺はついさっき分かったことを――あの氷蠍《アイス・スコーピオン》がテイムされた魔獣であることを話していく。

「まさか……誰かにテイムされているなんて……近くに隠れてるんだろうか」

「何を目的にしているかまではまったく見当がつかないけど、とりあえず俺たちに敵意を持った者があの氷蠍《アイス・スコーピオン》をけしかけているのは間違いないはずだ」

少なくともあいつが誰かのパートナー魔獣であるのは確定している。

そいつが命じて俺たちを襲わせているんだ。

となれば、やるべきことはひとつ！

「テイマーだ！　あの氷蠍《アイス・スコーピオン》のテイマーを捜すんだ！　あいつはテイマーに命じられて俺たちを

襲っているにすぎない！」

　魔獣自体は悪くない。

　問題はコソコソと隠れながら命じているテイマー。

　先ほど、タマは氷蠍《アイス・スコーピオン》を説得する際に普段との性格の違いを口にしていた。他の氷蠍《アイス・スコーピオン》と違って、むやみやたらに人を襲ったりはしないとも言っていたな。

　つまり、普段は大人しい魔獣のはずなんだ。

　強制テイムをしたか、あるいは言いくるめられて契約を結んだか……いずれにせよ、あの魔獣自身が望んでの行動ではない。

　その黒幕は、一体何を考えているんだ？

　どうして俺たちを襲うんだ？

　すべての謎を解くためにも、近くにいるはずのテイマーを捕らえなくては。

　それをみんなに伝えたところ、全員が協力してくれるという。

「やってやろうぜ！」

「何が目的かは知らねぇが、そんな外道は許せねぇ！」

「さっさと捕まえて騎士団に身柄を引き渡そう！」

　一緒に下山していた者たちはそう声をあげた。

「ありがとう。協力に感謝するよ」

この状況をなんとか打破するため、俺たちは力を合わせて氷蠍《アイス・スコーピオン》に挑む。

「身を隠すならあの森だ！　きっとテイマーはそこにいる！」

「よし！　俺に続け！」

ジェスが先頭に立ち、複数の冒険者たちを引き連れて森の中へ入っていった。俺たちはそれぞれのパートナー魔獣とともに氷蠍《アイス・スコーピオン》の動きを封じる。

神獣とはいえ、タマもあの大きな魔獣を相手に長時間の戦闘は難しいはず。

その心配は突然現実のものとなった。

「シャアアアアアアッ！」

「ぐっ⁉」

氷蠍《アイス・スコーピオン》はふたつの大きなハサミでタマを捕らえた。それまで自慢のスピードで回避を続けていたが、ついに一撃を食らってしまったのである。

雪原の上を転がっていくタマに駆け寄り、声をかける。

「タマ⁉」

「大丈夫です！」

即答できるあたり、本当に大丈夫そうだ。

「ご主人、話は聞いていました。ここは俺に任せてあいつのテイマーを捜してください」

「し、しかし――」

「問題ありません。俺は神獣ですからね」

そう言って微笑んでみせるタマ。

かつては小さく、愛くるしい姿をしていたのに……すっかり頼もしくなったな。クウタ同様にその成長ぶりには驚かされてばかりだ。

「行ってください、ご主人」

「分かった。俺たちが必ず敵のテイマーを捕らえる。それまで時間を稼いでくれ」

「お任せを！」

状況を理解したタマは氷蠍《アイス・スコーピオン》へ突っ込んでいく。

致命の一撃を与えるのではなく、相手をおびき出して俺たちにテイマーを捜させる時間を作るのが目的だ――本当に賢い子だよ、タマは。

おかげで、俺たちは周辺の調査に専念できる。

とは言っても、じっくり時間をかけるわけにもいかなかった。

動ける冒険者たちも手を貸してくれたおかげで、かなり捜索範囲を広めることができたのだが……そこはやはり敵も考えるらしく、簡単に尻尾を掴ませない。

タマに頼んであるのはあくまでも時間稼ぎ。

神獣であるあいつなら、氷蠍《アイス・スコーピオン》を倒すくらいわけなくやってのけるだろうが……今回の場合は事情が違う。

あの魔獣は操られている。

一刻も早くテイマーを捜し出して止めなくては。

「くそっ！　どこにいるんだ！」

シロンが臭いを追っているが、それすら予期していたようで、魔獣の嗅覚を惑わせる不思議な香りが辺りに漂っていた。

……準備がよすぎないか？

まるでこちらに嗅覚の優れた魔獣がいると知っていたかのような対策だ。

「まさか……」

脳裏をよぎる嫌な予感。

こちらの手の内を知っているとなると――騎士団や魔法兵団の関係者、あるいはそこにつながりがある者か？

仲間を疑いたくはないが、敵のあまりの周到ぶりを見る限り、情報が漏れているというのは確かなようだ。

最近は何かと黒い噂が流れ聞こえてくるセラノス王国だが、今回もその黒い部分が巻き起こした騒動なのか？

そんなことを考えていると、フィオナが何かを発見する。

「師匠！　あそこの木の陰に誰かいますよ！」

「何っ!?」

彼女が指さした先には確かに誰かいる。どうやら男みたいだな。カモフラージュのためか、上下ともに白で揃えているので視認するのに苦労したよ。でも、その格好がさらに怪しさを際立たせているな。

「バーツ先生、ここは私たちとそれぞれの魔獣で取り囲みましょう」

「それがいいな」

シロンとユキゾーが先行。

アリアーヌのパートナー魔獣である剣は紫色の魔力をまとい、彼女の手を離れて行動を開始する。

「あの子に名前はつけたのか？」

「はい。ランソードと言います」

なんとも強そうな名前だな。

タマとの戦闘では実力を計りきれなかったので、ここはひとつお手並み拝見といくか。

というわけで、アリアーヌが中心となり、テイマーと思われる人物を取り囲む作戦を開始する。

彼女の連れているパートナー魔獣のいいところは、サイズが小さい点。

さらによりサイズの小さいティオグの死千蝶《ゴースト・バタフライ》と違い、こちらは何もしていないとただの剣——つまり無機物にしか見えない。敵を欺《あざむ》くにはもってこいと言えるだろう。

それぞれが別方向へ散り、少しずつ距離詰めていく。

だが、さすがに向こうも異変に気づいて逃げ出した。

「させるものか！」

シロンが相手の行動を読んで先回りし、退路を塞いだ。

——だが、油断はできない。

メイの亡霊竜《ファントム・ドラゴン》のように肉眼では見えなかったり、ティオグの死千蝶《ゴースト・バタフライ》のようにサイズが小さく普通の動物に見えて存在に気づけなかったりといった特徴を持つ魔獣もいる。

ヤツがテイマーであの氷蠍《アイス・スコーピオン》をテイムしている者だとすれば、他にもテイム魔獣がどこかに潜んでいてもおかしくないのだ。

当然ながら、その可能性については事前に打ち合わせてある。

いつどこから別の魔獣が襲いかかってきても対処できるように、細心の注意を払いながら間合いを詰め、迂闊に飛びかかるような真似はせず、逃げ道を断っているのだ。

そのテイマーだが、よく見ると顔にマスクをしている。

顔全体を覆い隠しているのは、身元を割られないようにするための配慮か。

となると、ますます王国関係者とつながりがある可能性が高まった。

ハッキリとしたことは、捕まえれば分かること。これまでの事件の関連性も合わせて知っている情報を吐きださせる。

「諦めろ。もうおまえに逃げ場はないぞ」

「ぐっ……くそっ！」

俺の言葉に、男は腰に携えていた剣を抜くと、アリアーヌの方へ走り出した。

俺やフィオナは魔獣を連れているが、アリアーヌは一人だったから崩しやすいと判断したのだろう――が、焦るあまり、ヤツはとんでもないミスを犯した。

一見すればおっとりタイプの成人女性のアリアーヌだが、彼女が手にしている剣は飾りではない。れっきとしたパートナー魔獣だ。

「どきやがれぇ!!」

叫びながら突っ込んでくる敵のテイマーに対し、自律行動を取っていた剣がアリアーヌの手へと戻り、迎え撃つように構える。

……いや、その表現が適切であるかどうか分からない。

何せ、彼女が持っているのは厳密に言うと剣ではなくパートナー魔獣なのだから。

「おらぁ！」

「はっ！」

ガギン、と雪山に響き渡る金属同士がぶつかる音。

両者の剣が交差し、動きが止まる。

男の方はそのまま腕力で押しきろうとしているようだが、徐々に気づき始めたようだ。

色白で細腕のアリアーヌが持つ剣を振り払えない。

「う、動かない!?　どうなっている!?」

震える声から動揺がうかがえた。

細くて白いアリアーヌの腕では、鍛えられた男のパワーを押し返せるはずがない――と、事情を知らない者が見たらそう思うだろう。

しかし、実際はまったく力負けをしていない。

当然だ。

あの剣はアリアーヌの力だけで動いているわけじゃない。あの剣自身が自我を持ち、男のパワーを押し返しているのだ。

「クソが！」

思惑が外れた男は距離を取ろうとする。

しかし、その判断を下すのは遅すぎた。

すでにヤツはアリアーヌに捕らえられているのだ。

「手入れが行き届いていませんね。剣が泣いていますよ？　武器の扱い方がなっていない者は三流ですらありません」

「な、なんだと!?」

アリアーヌの挑発的な発言に激高する男。

だが、彼女の煽りはまだ続く。

「現にあなたはもう私に負けているというのに、その事実にすら気づいていない」

「ふざけ――うぐっ!?」

突然、男は膝《ひざ》から崩れ落ちた。アリアーヌは何もしていないというのに相手の顔面は蒼白《そうはく》となって吐き出す息も荒々しい。

「な、なんだ？　どうしたんだ、あいつ」

「く、苦しんでいるようですが……毒の類《たぐい》でしょうか？」

俺もフィオナも豹変《ひょうへん》した男の態度に戸惑う。

どう考えてもアリアーヌが何かをしたのだろうが……その「何か」がまったく分からない。剣と剣がぶつかり合い、少し会話を交わしただけのはず。毒を仕込むような場面なんてなかった。

そうなると、ヤツが苦しんでいる理由は毒じゃないのか？

茫然としている俺とフィオナだが、さらに混乱させるような事態が発生する。

タマが驚いたような声を出したので何事かと振り返ったら、遠くの方でタマと交戦中の氷蠍《アイス・スコーピオン》が倒れ苦しんでいた。

「ど、どうなっているんだ？　なぜあっちまで……」

百歩譲って直接戦っている敵のテイマーが苦しむっていうなら、アリアーヌの剣――ランソードの能力がかかわっていると予想できる。

だが、距離の離れているパートナー魔獣までも巻き込むってどういうことなんだ？

ますます謎が深まった――と、そこである事実に気づく。

テイマーとパートナー魔獣を結びつけているもの。

そう考えた時、真っ先に浮かんできたのは……魔力だ。

同時に苦しむという状況が発生していることを考えたら、魔力がかかわっていると見るべきか。

「もしかして……魔力を吸い取っているのか？」

思わず推測が口をつく。

それを聞いたアリアーヌはにっこりと微笑みながら詳しく解説をしてくれる。

「さすがはバーツ先生ですね。おっしゃる通り、この子は剣を交えた相手の魔力を吸い取ることができるんです」

やはりそうだったか。

「ランソードというのはあくまでも私が付けた名前であって、本来の武器名は魔吸剣《ドレイン・ソード》と言います。その名の通り、剣を交えた相手の魔力を吸い取る力があります」

「え、えげつない……」

フィオナが表情を引きつらせながら呟く。

そりゃそういう反応になるよなぁ。

何も知らずに戦っていたらどんどん魔力を吸い取られるわけだし、だからといって初見であの剣が魔獣と見極めるのは困難だろう。

「バカな……剣が魔獣だなんて……」

相手もテイマーだから、魔獣に関する知識はそれなりにあるのだろう。だが、アリアーヌのパートナーは彼女が作った剣。どんな本にも載《の》っていない魔獣だ。そんな相手にいきなり対処していくのは難しいだろう。

敵のテイマーは魔力を吸い取られて、ついに身動きが取れなくなる。それを確認してから、フィオナが緊急時に備えて持っていたロープで縛りあげた。

「観念しなよ」

抵抗する力を失った男はあっさりと取り押さえられた。

「ふふふ、私の可愛い魔吸剣《ドレイン・ソード》の餌食《えじき》になっちゃいましたねぇ」

妙に色っぽい声で剣をうっとりと見つめるアリアーヌ。

……いろんな意味で大人になったんだな。

氷蠍《アイス・スコーピオン》も、テイマーが魔力切れになったことで命令を無視できるようになり、戦闘を放棄。タマも相手のテイマーが捕らえられたと知って安堵の笑みを浮かべていた。

それにしても……改めてアリアーヌのパートナー魔獣はかなり異質だなと感じる。

ノエリーやミネットたちのパートナー魔獣もSランクばかりで圧倒されたが、アリアーヌの場合はそれとはまったく異なる驚きだった。

まず、あの剣は鍛冶職人である彼女自身が作り出したものという点が大きい。

ゆえに、一般的なランク付けのされていない魔獣となる。

知識のあるテイマーであっても、初見で見抜くのは難しい。実際、俺も相手のテイマーもすっかり騙《だま》されたしな。

俺も長くテイマーをやっているし、武器を魔獣化したテイマーの話も聞いたことはあるが、ああいうタイプは初めて見るな。

普通、自分のテイマーとしての実力を見極め、それに応じた魔獣をテイムし、ともに強くなっていく——これが王道のスタイルなのだが、アリアーヌのケースはまったく違う。

自ら剣を作り、そこに命を宿らせ、魔獣にしてからテイムする。

さらに凄いのは、他の武器でも同じようなことができると言っていたところだ。

今は魔吸剣《ドレイン・ソード》をパートナー魔獣としているが、弓や斧《おの》、槍に鞭《むち》といろんな武器に命を吹き込んでテイムすることができるらしい。

だが、これはそういった数多くの武器を器用に使いこなせるアリアーヌのセンスがあるからこそ可能になる。

彼女の鍛冶職人としての腕は、周囲の評判で察せられる。

それだけじゃなく、作った武器を自身で一流の使い手並みに扱えるのはかなりの強みだ。

だからこそ、武器に命を吹き込んでテイムしようという発想ができたのだろう。普通の鍛冶職人にはできない芸当だな。

「凄いじゃないか、アリアーヌ」

「ありがとうございます、先生。あの時に教えていただいた成果です」

「いや、武器を魔獣としてテイムするというのは俺にはできないことだ。これは君の努力の結果だよ」

「ふふふ、先生にそう言われると照れますね」

この余裕の態度……中身はノエリーたちとそう変わらなくても、精神年齢的には人生の酸いも甘いも知り尽くした大ベテランって感じがするな。

まあ、それはひとまず置いておくとして、とりあえず氷蠍《アイス・スコーピオン》のテイマーを捕らえられたので周りの冒険者たちにも伝えておく。

しかしこれにて一件落着——とはいかない。

捕らえたテイマーには、騎士団へと身柄を引き渡す前にやってもらわなくちゃいけないことがある。

「さて、それじゃあ氷蠍《アイス・スコーピオン》とのテイマー契約を解除してもらおうか」

「な、何……？」

「うちのパートナー魔獣が知り合いみたいでね。あんたと契約を結ぶ前は人を襲うなんて真似をしなかったそうだ」

「おまえのパートナー魔獣と氷蠍《アイス・スコーピオン》が知り合い？　なぜそれが分かるんだ」

「会話ができるんだよ、うちの魔獣たちは」

「なっ!?」

俺がパートナー魔獣と会話ができると知った男は驚愕《きょうがく》していた。

……こういう反応は久しぶりだ。セラノスではシロンたちが話すのなんて当たり前になっているからな。

男は抵抗しようとしたが、フィオナのパートナー魔獣であるユキゾーが睨みをきかせると諦めて契約を解除した。やはり今回のためだけに契約したようだ。

それから俺たちを狙った理由についても尋ねたが、これに関しては頑なに口を閉ざした。さっきとは違い、ユキゾーが迫っても態度は変えない。

「無駄だ……それだけは……絶対に言えねぇ……」

顔面蒼白になって答える男。

只事《ただごと》じゃない様子だが……恐らく、黒幕の正体を口にしようとしたら命を落とすような呪いでもかけられているのだろう。

その呪いをかけられていること自体も言えないはずだが、態度でもうバレバレだ。

まあ、この辺の詳しい取り調べは騎士団に任せるとしよう。魔法兵団と協力すれば、呪いを解いて事実を話せるようになるかもしれないしな。

ともかく、雪山での一連の騒動はこれにて無事解決。

山頂方向へ戻っていく氷蠍《アイス・スコーピオン》を見送ってから、俺たちは再び麓を目指して歩き始めた。

本当はテイムしたかったが、今回のことがあったので、俺のパートナーになってくれるとは思えなかったので諦めることにした。

「これでようやく帰れるな」

「はい！」

事件が解決して、フィオナも嬉しそうだ。

俺としても、今回の一件は非常に実りのあるものとなった。

何より、かつての相棒で今は神獣となったタマと一緒に行動できるというのが嬉しいし、かつての弟子であるアリアーヌとも再会できた。

この調子で残り二人の弟子とも早いうちに再会を果たしたい。

あと、クウタとタマと同時期に契約し、過去に別れてしまった残り二体の魔獣とも再会できればよいのだが……さすがに欲張りすぎかな。

でも、それを目指す分には問題ないはず。

これから王聖六将としての仕事も忙しくなるだろうが、なんとかして以前の仲間たち全員と再会したいものだな。

麓に到着すると、ノエリーとメイの二人が、大勢の兵士を引き連れて待っていた。

ティオグの話では、俺たちに先行して雪山へと向かったはずのノエリーがあとから合流するというのはなんだかおかしな話だ。

「申し訳ありません、師匠……道に迷ってしまって……」

バツが悪そうに答えるノエリー。

どうやら焦るあまり道を間違えてしまい、メイによって連れ戻されてきたようだ。

お騒がせであることには違いないが、ホッとした。

もし雪山に入っていったっきりなら、再度雪山を捜索しなければならないと心配していたんだよな。無事で何よりだよ。

「相変わらずノエリーはそそっかしいですね」

「うっ……アリアーヌさんに言われるとよりダメージが重くのしかかりますね……」

アリアーヌから厳重注意を受ける光景は教会にいた頃とまったく変わらない。とりあえずはひと安心だな。

さらに別の場所ではタマとクウタが再会し、互いに神獣となったことを称《たた》えつつ、別れた後の思い出話に花を咲かせていた。

シロンやクロスは先輩同士の話に水を差さないよう、遠くから優しい目で眺めていた。

もちろん、ノエリーやメイもタマとは面識があるのでこちらも久しぶりに顔を合わせられて嬉しがっていたな。

「随分と立派になりましたねぇ」

「昔は私の膝の上でよく寝ていたのに……」

「その節はお世話になりました」

今でこそ迫力のある虎の姿だが、教会で彼女たちにテイマーとしての心得を教えていた時はまだ子猫サイズだったからな。その成長ぶりに二人とも驚いていた。

雪山で起きた事態の振り返りがひと通り終わると、俺たちは捕らえたテイマーを兵士たちへと引き渡した。

そして、ノエリーとメイに詳しい事情を説明するため、彼女たちが設営した遠征用のテントへと向かう。

ちなみに、氷蠍《アイス・スコーピオン》との契約は切らせたと麓の人たちに伝えた。

麓の人たちは、この雪山で仕事をしているだけあり、その存在を認知してはいたようだが、危険な存在として近寄ることはなかったという。

しかし、タマの証言もあって氷蠍《アイス・スコーピオン》を無闇に恐れる必要はないと発覚。これにより、冒険者たちの活動範囲は劇的に広がると喜ばれた。もしかしたら新しいダンジョンや素材が発見されるかもしれないな。

一連の報告が終わると、まず例のテイマーは騎士団の馬車で王都に送られることになった。

そこでしっかり取り調べを行い、背後関係を探るのだろう。

俺たちはまだ残ると話したところ、ノエリーとメイの二人は滞在しようと粘っていたが、結局次の仕事があるからと一足先に王都へと帰還。

二人ともめちゃくちゃ残念がっていたなぁ……今度、みんなで集まって打ち上げでもしようかな。

もちろんティオグやミネットも誘ってな。

ともかく、無事に帰ってこられてよかった。

ジェスをはじめとする救助に参加してくれた冒険者たちともそれを喜び合っていたら、麓の町の人たちのご厚意で、無事を祝う宴会が行われることになった。

先に王都に戻ったノエリーとメイには悪いが、ここは楽しませてもらうとしよう。

第八章　集結！　六人の弟子たち

翌朝。

宴会ではついつい飲みすぎてしまい、少しだけ頭痛がする。

俺は魔獣たちを連れて宿屋に隣接する食堂に向かい、そこで濃い目のコーヒーをもらって二日酔いでサッパリとしない頭を覚まさせる。

それから朝食をいただきつつ、昨日のことを思い出していた。

なんとか一人として欠けることなく下山できたし、タマとも再会できた。

おまけに、今回は思わぬ収穫もあった。

氷蠍《アイス・スコーピオン》を連れて俺たちを襲ったあのテイマー……恐らく、ヤツは今回の雪崩の一件に深く関与している重要な証人となるだろう。

それにしても、最近のセラノスは何かと物騒な事件が続いているな。

あの男に俺たちを襲うよう命じた黒幕が、他の事件にも関与しているのか……何か手がかりを得られるといいんだが。

いろいろと考えを巡らせている横では、シロンたち俺のパートナー魔獣が談笑していた。

シロンとクロスにとってタマは先輩になるわけだが、あまりそういった上下関係は感じない。このあたりは、タマがそういったことに厳しくないからホッとした。

複数のパートナー魔獣を抱えるテイマーにとって、魔獣同士の不仲というのは絶対に避けたいところだからな。

まあ、クウタもタマも昔から聞き分けがよかったし、何より賢い。

自分の置かれた状況に対して常にベストの選択をするタイプだ。

ここでシロンやクロスと関係を悪化させるような真似はしないだろう。

それからしばらくすると、アリアーヌが部屋から出てきて俺のもとへやってきた。ちなみに、同じ部屋に泊まっているフィオナはまだ爆睡中らしい。

「おはようございます、バーツ先生」

「おはよう、アリアーヌ。昨日は大変だったな」

「でも、先生が助けに来てくれましたから」

「ははは、俺の助けがなくても君の実力なら難なく下山できたんじゃないか？」

「もう、そんなことはありませんよ。もしあの場に先生が来てくださらなかったら、私はどうなっていたか……白虎《ホワイト・タイガー》のタマちゃんには勝てなかったでしょうし」

そういえば、俺が駆けつけた時はタマと交戦中だったな。

あと少しでも到着が遅れていたら最悪の結果になっていたかもしれない。俺にとってはどちらも欠けてほしくない大切な存在だからな。

それからはアリアーヌと一緒に穏やかな朝の時間を過ごす。

ノエリーやミネットたちの時も感じたが、こうしていると本当に昔を思い出す。

アリアーヌも同じように思ったのか、昔の仲間たちの話題を振ってきた。

「そういえば、もうみんなとは顔を合わせました？」

「いや、まだなんだ。あと顔を合わせていないのは……二人か」

ノエリー。

ミネット。

メイ。

フィオナ。

ティオグ。

そして今回のアリアーヌ。

俺が教会でテイマーとしての心構えなどを教えていた八人のうち、ここまで再会できたのは六人。

「確か、残りの二人も王聖六将の候補になってるって聞いたな……どうなってるのか楽しみだよ。会う前に、今何をしてるのか聞いておきたい気持ちはあるけど……」

「秘密です。本人たちからも口止めされていますから」

「そうだよな……」

なんとも意味ありげな発言をするアリアーヌ。

ティオグも、いやそもそもノエリーもそうだったけど、みんな秘密にしたがるんだな。

一体どんな成長を遂げているのか……会うのが楽しみだな。


その後、大きなあくびをしながら起きてきたフィオナの身支度が終わると、俺たちはセラノス王都を目指して村を出ることに。

救助に参加していたジェスたちはしばらく滞在し、新しく足を踏み込めるようになった山頂付近のエリアを調査するという。

冒険者にとってはこれ以上に魅力ある場所はないからな。仕事熱心なヤツらだよ。

「今回は本当に助かった。礼を言うよ」

「俺の方こそ。セラノス王都へ来る用があったらぜひ訪ねてくれ。町の人たちに場所を聞けば分かるはずだから」

「おう。必ず行くよ」

俺とジェスは握手を交わしながら再会を約束した。

他の冒険者たちとも別れの挨拶を済ませ、彼らに見送られながら村を発つ。

帰りの馬車の中で、俺は二人にある提案をした。

「一度、今いるみんなで集まろうと思うんだけど、どう？」

「いいですね！」

「きっとみんな喜びますよ」

八人中六人は王都にいるわけだし、それぞれ忙しいだろうけど予定を合わせてなんとか集まってみたいな。

フィオナとアリアーヌも賛成してくれたし、王都に帰ったら計画を練ろう。

こうして、雪山での騒動は無事解決し、束の間だが穏やかな日々が戻ってきたのであった。

◇◆◇◆◇

雪山から帰還した翌日。

今回はノエリーやメイが俺たちより先に帰還しているので、ラングトンへの報告はすでに終わっていた——が、さすがに何も言わないというわけにもいかないので、騎士団を訪れて俺の口から直接状況を説明する。

「ふぅむ……やはりここ最近起きている不穏な出来事はすべて同一人物による計画なのか？」

「判断するにはいろいろと情報が足りないな。あのテイマーの男からの証言は？」

俺がそう尋ねると、ラングトンは首を横に振る。

「現在も取り調べが行われている最中だが、君も予感していたように、やはり真実を語れないようにするため呪いの類《たぐい》をかけられているようだ。今メイたち魔法兵団の専門家たちが一丸となって、解呪に当たっているが……目途は立っていない」

ため息交じりに、ラングトンは語った。

王聖六将は着実に王都へと集結しつつある。

そんな中で次々と巻き起こる不測の事態。

これから何が起こるのか、まったく予想できない状況だった。国の治安維持を預かる身としては頭が痛いだろうな。

「ラングトン、俺に協力できることがあったら何でも言ってくれ」

「バーツ……」

「あんたにはノエリーたちの件で世話になったんだ。これも恩返しの一環だよ」

「……ありがとう。頼りにさせてもらうよ」

さっきまで強張っていたラングトンの表情が、心なしか柔らかくなった。

王聖六将という立場につくことになったが、俺の彼に対する感謝の気持ちは変わらない。困っているならなんとかして助けたいと心から思っている。それが伝わったようで何よりだ。

「当面の間は周辺への警備を強化することで対応していくつもりだが、王都内の守りに関しては君にも協力してもらいたい」

「任せてくれ」

頼もしいパートナー魔獣が一体増えたし、何が起きても大丈夫なように日頃から備えておかないとな。

ラングトンの執務室から出ると、ちょうどそこでエリザベッタと出くわした。

彼女の周りには、俺がこのセラノスに来てから初めてテイマーとしての心得を教えたデリックをはじめ、ロバート、カレブ、ハーヴェイ、パメラの姿が。

「やあ、みんな」

「あっ！　バーツ先生！」

デリックが初めに気づき、やがて他の面々も駆け寄ってくる。

今の彼らは、エリザベッタのもとでテイマーとしての修業を積んでいた。

彼女自身、セラノスに来てから新しくパートナー魔獣と契約したようで、日々若手たちと鍛錬を積みつつ、自身のレベルアップにも努めているらしい。

……というのは聞いた話で、あまりゆっくり彼女と話せていないので、どんなパートナー魔獣かも聞けていないんだよな。

「いろいろと感謝しているわ、バーツ」

「俺はあくまできっかけを与えたにすぎないよ。ここまでやれたのは君の実力さ」

もがき苦しんでいたエリザベッタは、セラノスに移り住んでいい方向に変わった。さっきまでの様子を見ていると、教え子たちとは良好な関係を築けているようだし、これからも期待できるだろう。

「バーツ先生の教えは今もしっかり覚えています」

「俺たち、今も忠実に守っていますよ」

「魔獣との信頼関係を何より大事にしているんです」

「おかげで任務もうまくいっているんですよ？」

「またいろいろと教えてくださいね」

「みんな……」

口々にそう言うデリックたちの笑顔が、幼い頃のノエリーたちと重なって見えた。

あの頃の彼女たちも、今のデリックたちのように眩しい微笑みを見せてくれたっけ。

エリザベッタやデリックたちと別れた後、俺は帰路に就く……前に中庭へと移動する。

そこでは再会した時と同じように死千蝶《ゴースト・バタフライ》が飛び交っており、中心には主人であるティオグの姿があった。

「やあ、ティオグ」

「バーツ先生!?　どうしてここに!?」

「今日は君を招待しようと思って立ち寄ったんだ」

「しょ、招待?」

予想外の言葉だったのか、ポカンと口を半開き状態にさせているティオグ。

実は今日は、雪山からの帰り道にアリアーヌとフィオナと話していた、弟子たちみんなを集めた集まりをする予定なのだ。

アリアーヌとフィオナにいつやるか聞きに行ったら、急に「今日やろう」って提案してきたからなぁ……もっとも多忙であり、予定が埋まっていそうなティオグには、断られてしまうかもしれないが。

「実は、今日の夜に今王都にいる俺の元教え子たちを集めてちょっとしたパーティーをやろうと思うんだけど、ティオグは――」

「行きます」

食い気味に参加を表明するティオグ。

「い、いいのか？　仕事は？」

「調整します。何よりもそちらの用事が最優先ですからね。――それに、バーツ先生がセラノス王都へやってくる前から、そういう話は出ていたんですよ」

「そ、そうなのか？」

俺がセラノス王都へ来る前、か。

ダンジョン探索をせず、せこせこと採集クエストに明け暮れている間も、みんなそれぞれ独立し、真面目に仕事をしていたんだよな。

「僕たちはみんな先生に救われた者同士として、互いに切磋琢磨《せっさたくま》し、助け合いながら生きてきました。しかし、仕事をするようになってからは忙しさもあってなかなか集まれなくなってしまったんです。だから機会があれば集まりたい、できればバーツ先生もいればいい、って……なかなか実現しなかったんですけど」

みんな立場のある仕事だから、仕方がないよな。

俺なんて自由気ままな冒険者だったから、ノエリーに王都へ来てくれと言われた時だってすぐに動けたし。結婚でもしていたらそうもいかなかったのだろうけど。

「そういうわけで、この機会に僕も仕事を休もうと思います。大臣やラングトン騎士団長からは、ずっと『たまには休め』と言われ続けていましたし」

「ほぉ、そうだったのか。……この前に休みをとったのはいつだ？」

「三年前ですかね」

「三年前!?」

じゃあ、それ以降は三年間も休みなく働き続けていたってことか？

そりゃラングトンをも心配するよなぁ……どんなに頑丈な人間にだって限界というのはあるんだから、今後はもう少し自分自身を労《いたわ》ってもらわなくちゃ。

それからティオグは、休みを伝えるために一度城内へと戻っていった。

待つことおよそ十五分。

「お待たせしました。それではまいりましょうか」

戻ってきたティオグは随分とラフな格好になっていた。

いつもは仕事柄か、キッチリとした服装だったから、今の普段着っぽい格好は新鮮に映るな。

「どうかしましたか？」

「いや、なんでもないよ。それより行こうか。もうノエリーやミネットたちが準備を進めているはずだ」

アリアーヌとフィオナが、午前のうちに二人を誘いに行き、すでに参加を伝えてもらっている。

「ミネットも来られるんですね」

彼女は商会のトップ。

忙しさでいえば彼女も相当なものだろうが……誘いに行ったフィオナとアリアーヌにさっきのティオグのごとく即座に返事をする姿が目に浮かぶ。

ともかく、ティオグを連れて会場となっている俺の家を目指して城を出るのだった。


運河のほとりにある我が家へ到着すると、すでにノエリーたちが料理や会場づくりで盛り上がっていた。パートナー魔獣たちも手伝っており、かなりの賑わいだ。

「あっ！　ティオグだ！」

最初に俺たちを発見したのはフィオナだった。

それをきっかけに、次々と元弟子たちが集まってくる。

「あなたが来るとは予想外でしたわ」

「先生が誘えば絶対に来るって言ったじゃないですか」

「お仕事はいいの……？」

「問題ない」

「ふふふ、こんなにたくさん揃うのは久しぶりですね」

アリアーヌのひと言が発端《ほったん》となり、みんな一斉に記憶の糸を手繰り始めた。

「確かに、八人どころか六人も揃って食事って、仕事を始めてからはないですね」

ノエリーが言うと、残り五人は同じタイミングで頷いた。

息がピッタリ合うのはさすがだな。

その後、どこから用意してきたのか、長いテーブルに完成した料理を並べ、乾杯をしてから食事会をスタートさせる。

話題はそれぞれの近況報告がメインとなった。

なんだかんだ言って、みんな普段からそう何度も顔を合わせているわけではないので、それぞれ最近何をやっているのか興味があるようだった。

魔獣たちは魔獣たちで仲良くやっている。

こちらは新しく神獣となったタマが加わっており、その自己紹介が終わるとクロスが発端となってそれぞれの主人のいいところを教え合うというゲームが行われていた。

内容が気になるところではあるが、俺は弟子たちの近況報告の方へ意識を向ける。

とはいえ、ほとんどみんな最近絡みがあったので、俺からするといまひとつ新鮮さに欠ける結果となる。

それでもまあ、みんなが元気に仕事をしていると知ることができてよかったよ。

食事会が進んでいき、盛り上がっている様子を眺めていると……気になってくるのはやはりこの場にいない残り二人の元弟子の現状だった。

ティオグに教えてもらった話では、残りの二人はどちらも王聖六将に名前を連ねているという。

一人はすでにセラノス王都に向かってきているという話だからすぐに会えるとは思うが……あの二人は、元気にやっているかな。

ある意味、俺が将来をもっとも不安視していた二人だからな。

ノエリーたちのように周囲と馴染《なじ》み、この国のために働けているというなら文句はないのだが、周りの様子を見る限り、その可能性は高そうだ。

一度は離れ離れとなった元弟子と元魔獣たち。

その再会は着実に進んでいる。

いつか、みんなとの再会を果たしたら……その時は今以上にデカい規模の宴会を開くと心に誓う。

「先生ぇ、ちゃんと食べてますかぁ？」

「おいおい、騎士が酒に飲まれるなよ」

若干酔っ払いつつあるノエリーの絡みを笑い流しながら、俺は今日も楽しい夜を過ごすのだった。

工芸職人《クラフトマン》は
セカンドライフを謳歌する
鈴木竜一
Ryuuichi Suzuki
1・2
ブラック商会を
クビになったので
DIYに
旅行に
畑いじり!?
好きなことだけで生きていく
天才工芸職人の
のんびり
プチ隠居ライフ、
開幕!
前世の日本でも、現世の異世界でも、超ブラックな環境で働かされていた転生者ウィルム。ある日、理不尽に仕事をクビにされた彼は、好きなことだけしかしないセカンドライフを送ろうと決めた。簡素な山小屋を住み、好きなモノ作りをし、気分次第で好きなところへ赴いて、畑いじりをする。そんな最高の暮らしをするはずだったが……大貴族、Sランク冒険者、伝説的な鍛冶師といったウィルムを慕う顧客たちが彼のもとに押し寄せ、やがて国さえ巻き込む大騒動に拡大してしまう……!?
●各定価:1320円(10%税込)
悩める人魚でした。
この子の悩み、めちゃ深刻です!?
●Illustration:ゆーにっと

MUZOKUSEI MAHO TTE JIMI DESUKA?
無属性魔法って地味ですか? 1~4
「派手さがない」と見捨てられた少年は
最果ての領地で自由に暮らす
著 鈴木竜一
RYUUICHI SUZUKI
無属性魔法って
地味だけど規格外!!
最果てから始まる
大進撃ファンタジー、開幕!
歩道橋での不慮の事故で意識を失った社畜リーマンの俺。このまま死ぬのか──かと思いきや、気が付くと名門貴族の末っ子、ロイス・アインレットという少年に転生していた。だけど、俺の魔法の素質が「無属性」という地味なものだったせいで家族からの扱いは最悪。役立たずと言われ、政略結婚の道具にさせられてしまっていた。このまま利用されてたまるか! そう思った俺は、父から最果ての領地をもらい受けて辺境領主として生き直すことに。そして地味だけど実は万能だった無属性魔法を駆使し、気ままな領地運営に挑む! ……可愛い羊や婚約者と一緒に。
●各定価:1320円(10%税込)　●illustration:いずみけい
個性豊かな領民やもふもふ羊と快適スローライフを楽しもう!
アルファポリス
1~4巻好評発売中!

子連れ冒険者の のんびりファンタジー!

神様のミスで命を落とし、転生した茅野巧。様々なスキルを授かり異世界に送られると、そこは魔物が蠢く森の中だった。タクミはその森で双子と思しき幼い男女の子供を発見し、アレン、エレナと名づけて保護する。アレンとエレナの成長を見守りながらの、のんびり冒険者生活がスタートする!

◉16巻 定価:1430円(10%税込)
1～15巻 各定価:1320円(10%税込)
◉Illustration:やまかわ

◉9巻 定価:770円(10%税込)
1～8巻 各定価:748円(10%税込)
◉漫画:みずなともみ

月が導く異世界道中
Tsukiga Michibiku Isekai Dochu
あずみ圭
Azumi Kei
1～20
8.5
シリーズ累計420万部の超人気作！
（電子含む）
TVアニメ第3期制作決定!!
1～20巻好評発売中!!
コミックス1～14巻好評発売中
illustration：マツモトミツアキ
月が導く異世界道中
あずみ圭
薄幸系男子の成り上がりファンタジー、開幕！
なんでだろう親の都合で異世界へ
第5回アルファポリスファンタジー小説大賞読者賞受賞作！
待望の書籍化！
異世界へと召喚された平凡な高校生、深澄真。彼は女神に「顔が不細工」と罵られ、問答無用で最果ての荒野に飛ばされてしまう。人の温もりを求めて彷徨う真だが、仲間になった美女達は、元竜と元蜘蛛!?とことん不運、されどチートな真の異世界珍道中が始まった！
▶3期までに◀
原作シリーズもチェック！
月が導く異世界道中
1
あずみ圭
木野コトラ
シリーズ累計29万部
とことん不運、されどチート!!
薄幸系主人公の異世界放浪記、コミカライズ第1巻!!
20巻 定価：1430円（10%税込）
1～19巻 各定価：1320円（10%税込）
14巻 定価：770円（10%税込）
1～13巻 各定価：748円（10%税込）

この作品に対する皆様のご意見・ご感想をお待ちしております。

おハガキ・お手紙は以下の宛先にお送りください。

【宛先】

〒150-6019 東京都渋谷区恵比寿 4-20-3 恵比寿ｶﾞｰﾃﾞﾝﾌﾟﾚｲｽﾀﾜｰ 19F
（株）アルファポリス　書籍感想係

メールフォームでのご意見・ご感想は右のＱＲコードから、
あるいは以下のワードで検索をかけてください。

アルファポリス　書籍の感想　検索

ご感想はこちらから

本書は Web サイト「アルファポリス」（https://www.alphapolis.co.jp/）に投稿されたものを、改題、改稿、加筆のうえ、書籍化したものです。

無名《むめい》の三流《さんりゅう》テイマーは王都《おうと》のはずれでのんびり暮《く》らす 2
～でも、国家《こっか》の要職《ようしょく》に就《つ》く弟子《でし》たちがなぜか頼《たよ》ってきます～

鈴木竜一（すずきりゅういち）

2024年 7月 30日初版発行

編集－村上達哉・芦田尚
編集長－太田鉄平
発行者－梶本雄介
発行所－株式会社アルファポリス
〒150-6019 東京都渋谷区恵比寿4-20-3 恵比寿ｶﾞｰﾃﾞﾝﾌﾟﾚｲｽﾀﾜｰ19F
TEL 03-6277-1601（営業） 03-6277-1602（編集）
URL https://www.alphapolis.co.jp/
発売元－株式会社星雲社（共同出版社・流通責任出版社）
〒112-0005 東京都文京区水道1-3-30
TEL 03-3868-3275
装丁・本文イラスト－Aito（https://aito2110.tumblr.com/）
装丁デザイン－AFTERGLOW
印刷－中央精版印刷株式会社

価格はカバーに表示されてあります。

落丁乱丁の場合はアルファポリスまでご連絡ください。

送料は小社負担でお取り替えします。


ISBN978-4-434-34199-1 C0093